余光中 著

隔水呼渡

九歌出版社印行

目錄

目錄

(范我存攝)
莫特利爾：
地中海岸西班牙小鎮

西班牙的小巷：
作者與妻

雪濃莎：橫跨在雪耳河上

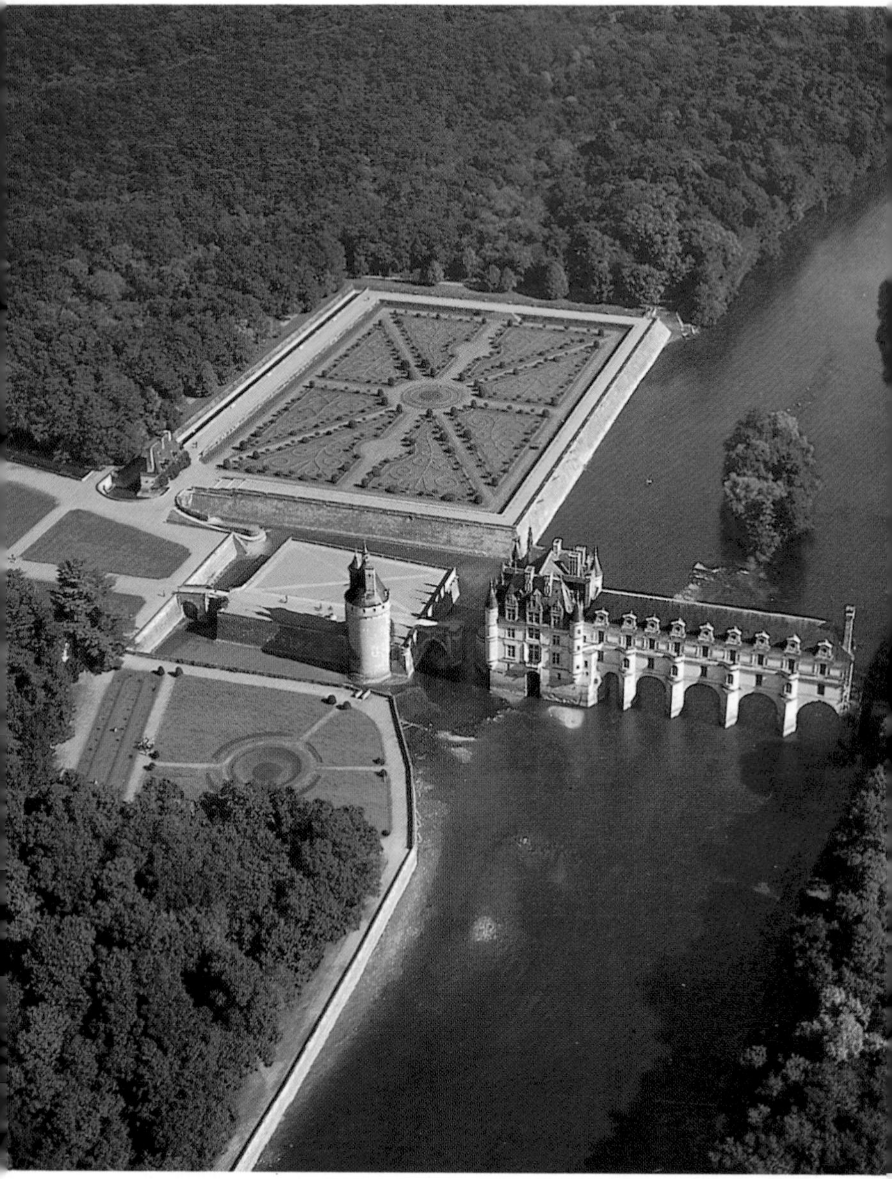

風吹浪襲的龍坑（王慶華攝）

木棉之旅：作者與徐君鶴合抱木棉（范我存攝）

古堡與黑塔：史考特與愛犬雕像(范我存攝)

山國雪鄉：露加諾湖，遠景爲阿爾卑斯雪峯（范我存攝）

露加諾湖景：前景爲布瑞山，對岸爲聖薩爾瓦多山，右爲露加諾城

猼發：刺癢曼谷雲空的天流蘇（范我存攝）

旖娜旎：喜馬拉雅山的森林女神（范我存攝）

洛麗萊·萊茵河上女妖(范我存攝)

科隆教堂的雙塔，
坐者爲余光中夫人(余光中攝)

自序

《隔水呼渡》在《記憶像鐵軌一樣長》與《憑一張地圖》之後，是我的第三本純散文集。

除了〈古堡與黑塔〉之外，本集的十幾篇散文都是四年來在高雄所寫。四年來我的散文當然不止這些：其中有十八篇小品已經收入《憑一張地圖》，至於評論性質的，包括十四篇序言與五篇長文，自當另外出書。〈古堡與黑塔〉寫於一九八五年八月，正當汗漫的歐遊之餘，倉皇的離港前夕，那時的心情，對十年的香港居無限依依，對未來的高雄居一片茫茫。那年我們夫妻暢遊了西歐，尚有法國與西班牙的遊記未及寫出，所以寫蘇格蘭的這篇〈古堡與黑塔〉就沒有納入《記憶像鐵軌一樣長》，而有意留待這本《隔水呼渡》，俾與〈雪濃莎〉、〈風吹西班牙〉等一同出書，彼此印證。

本集的十六篇散文裏，遊記佔其十三。這樣偏重的比例為我以前的文集所無，似乎說明了我們夫妻好遊成癖，而且愈演愈烈。我重翻自己以前的文集，發現從《左手的繆思》到《憑一張地圖》，我已經寫了二十五篇遊記，而最早的一篇〈石城之行〉更寫於三十年前。但是四年來遊記在我散文作品裏的「成長率」竟如此之高，連自己也感到驚異。其原因，不外是近年我出國較頻，而定居在高雄之後，探討南部的風物也很方便。每次遊罷歸來，搬出照片、幻燈片、圖册、紀念品等等，向來訪的好友逐一報告賞心樂事，總感意猶未盡，卻已舌敝脣焦，遂想不如寫成遊記，提供識與不識的朋友、讀者，一勞永逸作個交代。

遊記不但是旅遊經歷的記錄，也是所見所聞的知性整理。旅遊不但是感性的享受、好奇的滿足，也是一種生動而活潑的自我教育，所以眞正的旅行家一定見多識廣，心胸寬闊，不會用本鄉本土的觀念來衡量一切。說得高些，旅遊可以是一種比較文化學。有心的旅人不但行前要做準備功夫，對將遊之地有所認識，不但身臨異域要仔細觀察，多留資料，並記日記，而且回家之後，還要利用資料來補走馬看花之不足，好把囫圇的經歷消化成思想。若是行前沒有準備，當場草草張望，事後又不反省，那旅遊只是散心而已。英國作家富勒（Thomas Fuller）所說：「一頭驢子出門去旅行，不會變成一頭馬回來。」羅馬詩人霍拉司所說：「匆匆出國的人，只改變了氣候，沒改變心靈。」指的正是無所用心的觀光客。

觀光客不足以言遊記：要寫好遊記，先得認眞做個旅人。沒有徐霞客的才學和毅力，怎麼寫得出《徐霞客遊記》？七年前我在香港，買到湖南人民出版社所出、由貝遠辰、葉幼明選注的《歷代游記選》，精讀兩遍之餘，十分贊賞，便開始廣蒐中國古今的遊記，加以研究。一九八二年底，我一連寫了四篇長文，共約四萬字，依次是〈杖底煙霞——山水遊記的藝術〉、〈中國山水遊記的感性〉、〈中國山水遊記的知性〉、〈論民初的遊記〉。

後來每逢出國，行前行後我一定多讀有關書籍，也盡量學習該地的語言。遊罷泰國回來，爲了把遊記寫得有點知性，我至少讀了半打參考書刊，外加《大唐西域記》和《六祖壇經》。帶回國來的資料裏，除了旅遊手冊之外，一定還有多張地圖，迄今我的地圖藏量大概已近三百張了。其實，只要你有心，就連鈔票、錢幣、車票、甚至簽證上面也有不少資料可用。當然，在寫墾丁的幾篇遊記時，也不會放過國家公園圖文並茂的導遊手册。

遊記的藝術首在把握感性，也就是恰如其份地表現感官經驗，令讀者進入情況，享受逼眞的所謂「臨場感」。這種場合必須獅子搏虎，捉個正著，不能避重就輕，用一些俗濫的四字成語，打發過去。散文家裏能通過這一關的，其實不多。大多數的所謂散文家善於處理人情世故，善於人間的抒情、敍事，甚且議論，但是要他們摹狀大自然的千變萬化，往往就無能爲力，因爲這方面需要一點詩才，是強求不得的。

遊記大半表現感性，但也可以蘊含知性。遊記的知性包括知識與思考：名勝的地理與人文，是知識；遊後的感想，是思考。有知識而欠思考，只是一堆死資料。思考太多而知識不夠，又會淪於空想。上乘的遊記應將知識與思想配合抒情與敍事，自然而機動地滙入散文的流勢裏去。這就要靠結構的功力了。蘇軾的豪放和方苞的拘謹，用遊記來印證，最爲顯明。蘇軾的〈石鐘山記〉始於考據，繼以敍事、抒情，而終於大發議論；但是因爲三段接得自然，而且中段的感性飽滿，足以支撐前後二段的知性，讀者乃不覺其爲搬弄知識，空發議論。方苞的〈遊雁蕩山記〉毫無敍事，寫景的文字又不足文長的五分之一，其餘的篇幅卻用來諷世勵志，遊與不高而道貌岸然，只能算是戴了遊記假面具的說教。

遊記有別於地方誌或觀光手册，全在文中有「我」，有一位活生生的旅人走動在山水或文物之間。這個「我」觀察犀利，知識豐富，想像高超而活力充沛，我們跟隨著他，感如同遊。地方誌或導遊資料是靜態，遊記才有動感。這個「我」要有自信，要有吸引力，讀者才會全神跟隨著他。〈後赤壁賦〉裏，如果換了是二客奮勇攀登，而「蓋予不能從焉」，讀者就不想看下去了。

本書封面南仁湖的攝影及內頁龍坑的照片，均由王慶華先生提供。內頁其他照片，除了三張是採用旅遊手册之外，都是吾妻我存所攝。在此應該謝謝他們。

一九八九年十二月於西子灣

隔水呼渡

1

一千六百西西的白色旅行車，一路上克令亢朗，終於來到盤盤山徑的盡頭，重重地喘了一口大氣，鬆下滿身的筋骨。天地頓然無聲。高島說前面無路了，得下車步行。三個人推門而出，走向車尾的行李箱。高島馱起鐵架托住的顫巍巍背囊，本已魁梧的體魄更顯得幢幢然，幾乎威脅到四周的風景。宓宓拎著兩只小旅行袋，腳上早已換了雪白的登山鞋。我一手提著帆布袋，另一手卻提著一只扁皮箱：事後照例證明這皮箱迂闊而可笑，因爲山中的日月雖長，天地雖大，卻原始得不容我坐下來記什麼日記。

三個人在亂草的阡陌上蹣跚地尋路，轉過一個小山坳，忽然迎面一片明晃，風景開處，令人眼界一寬，閃動著盈盈欲溢的水光。

「這就是南仁湖嗎？」宓宓驚問。

高島嗯了一聲，隨手把背上的重負卸了下來。這才發現，我們已經站在渡口了。一架半舊的機車斜靠在草坡下，文明似乎到此爲止。水邊的一截粗木樁卻不同意，它繫住的一根尼龍白纜斜伸入水，順勢望去，約莫十六、七丈外，那一頭冒出水來，接上對岸的渡樁，正泊著一只平底白筏。

「恐怕要叫上一陣子了，」高島似笑非笑地說。

接著他深呼吸起來，忽地一聲暴吼。

「令賞！」滿湖的風景大吃一驚，迴聲從山圍裏反彈過來，嬝嬝不絕，掠過空盪盪的水面，清晰得可怕。果然，有幾隻鷺鷥擾攘飛起，半晌，才棲定在斜對岸的相思林裏。

「令賞！令賞！」又嘶吼起來，繼以一串無意義的怪叫。

「誰是令賞?」我忍不住問道。

「對岸的人家姓林，」高島說著，伸手指著左邊。「看見那邊山下的一排椰樹嗎?對，就是那一排，筆直的十幾根白幹子。林家本來住在椰樹叢裏，後來國家公園要他們搬出去。屋子都拆了，不料過了些時，他們卻在正對面這山頭的後面另搭了一座，住得更深入了。公家的人來找他們，也在這裏，像我這麼大呼小叫，他們卻躲在樹背後用望遠鏡偷看，不理不睬——」

「那我們這樣叫，有用嗎?」宓宓說。

「不一定聽得見，」高島笑嘻嘻地說：「你看見那樹背後的天線沒有?」

順著白筏的方向朝山上看去，草丘頂上是茂密如鬘的相思樹林，果然有一架天線在樹後伸出來，襯著陰陰的天色，纖巧可認。

「他們還看電視嗎?」宓宓不解了。

「看哪，他們有一架發電機。只是沒有電話。」

「沒有電話，太好了。外面的世界就搆不到他們，」我說。

「令賞!令賞!」高島又吼起來。接著他又哇哇怪叫。我和宓宓也加入呼喊。

我的男低音趁著水，她的尖嗓子趁著風，一起凌波而去，去爲高島的男高音助陣。靜如太古的湖氣攪得魚鳥不寧，亂了好一陣子。自己的耳朵也覺得不像話，一定冒犯了山精水神了。十幾分鐘後，三個人都停了下來，喉頭澀苦苦的。於是山又是山，水又是水。那白筏依然保持著野渡無人的姿態。

「這比天方夜譚的『芝麻開門』辛苦得多了，」我歎道。

「這麼一喊，肚子倒餓了，」高島說，「這裏風太大，不如找地方躲下風，先把午飯解決了再說。要是再喊不應，我就繞湖走過去，半個多鐘頭也應該夠了。」

那一天是陰天，風自東來，不時還挾著毛毛細雨，頗有涼意。我們繞到草丘的西邊，靠樹蔭與坡形擋著風勢，在一叢紫花綠葉的長穗木邊坐下。高島解開背囊，取出一件鵝黃色的大雨衣鋪在草地上，然後陸陸續續，變戲法一般取出無數的東西。燒肉粽、紅龜糕、蛋糕、蘋果、香瓜等等，權充午餐是足夠的了。最令我們感到興趣的，是一瓶長頸圓肚的卡繆白蘭地，和儼然匹配的三只高腳酒杯，全都攲斜地擱在雨衣上。他爲每人都斟了半杯。酒過三巡，大家正醺然之際，他忽然說：

「來點茶吧。」

「那來茶呢?」宓宓笑問。

「煮啊。」

「煮?」

「對啊，現煮。」說著高島又從他的百寶囊中掏出了一盞酒精燈，點燃之後，再取出一只陶壺，三只功夫小茶盅。不一會，香濃撲鼻的烏龍已經斟入了我們的盅裏。在這荒山野湖的即興午餐，居然還有美酒熱茶，眞是出人意外。高島一面品茶，一面告訴我們說，他沒有一次登山野行不喝熱茶，說著，又爲大家斟了一遍。

草丘的三面都是湖水，形成了一個半島。斜風細雨之中，我起身繞丘而行。一條黃土小徑帶領我，在恆春楊梅、象牙樹、垂枝石松之間穿過，來到北岸。瞥見岸邊的淺水裏有簇簇的黑點在蠢蠢游動，蹲下來一看，圓頭細尾，像兩公分長而有生命的逗點，啊，是蝌蚪。原來偌大的一片南仁湖，竟是金線蛙的幼稚園。這水裏怕不有幾萬條墨黑黏滑的「蛙蛙」，嬉游在水草之間和岸邊的斷竹枯枝之下。我趕回高島和宓宓的身邊，拿起喝空了的高腳杯。幾乎不用瞄準，杯口只要斜斜一掬，兩尾「蛙蛙」便連水進了杯子。我興奮地跑回野餐地，舉示杯中的獵物。「看哪，滿湖都是蝌蚪！」那兩尾黑黑的大頭嬰在圓錐形的透明空間裏竄來竄去，驚惶而可憐。

「可以拿來下酒呀！」高島笑說。

「不要肉麻了，」宓宓急叫，「快放了吧！」

我一揚手，連水和蝌蚪，一起倒回了湖裏。

大家正笑著，高島忽然舉手示意說，渡口有人。我們跟他跑到渡口，水面果然傳來人語，循聲看去，對岸有好幾個人，正在上筏。為首的一人牽動水面的縴索，把白筏慢慢拉過湖來，緊張的索上抖落一串串的水珠。三、四分鐘後已近半渡，看得出那縴夫平頭濃眉，矮壯身材，約莫四十左右。高島在這頭忍不住叫他了：

「林先生，叫了你大半天，怎麼不來接我們呢？」

「阮籠聽無，」那人只顧拉縴，淡淡地說。

「你要是不送人客過來，咳，我們豈不要等上一下晡？」高島不肯放鬆。

「那有什麼要緊？」那人似笑非笑地說。

筏子終於攏岸了。上面的幾個客人跳上渡頭來，輪到我們三人上筏。不是傳統的竹筏，是用一排塑膠空管編紮而成，兩頭用帽蓋堵住，以免進水，管上未鋪平板，所以渡客站在圓筒上，得自求平衡，否則一晃就踩進湖裏去了。同時還得留意那根生命線似的繂索，否則也會被它逼得無可立腳，翻入水中。就這麼，在高島和林先生有一搭沒一搭的鄉音對話之中，一根細繂拉來了對岸。

2

林家住在一棟磚牆瓦頂的簡單平房裏，屋前照例有一片曬穀場，旁邊堆些破舊的家具，場中躺著兩隻黃狗，其一跛了右面的後腿，更有一羣黑毛土雞遊走啄食。曬穀場的一面接著南仁湖的小灣，近岸處水淺草深，有點像沼澤；另一面是一汪池塘，鋪滿了睡蓮的圓葉，一莖莖直擎著的蓮花卻都緊閉著紅瓣，午寐方酣。在外湖與內塘之間，有一條雜草小埂。我們一路蹚過去，便走到一個坡腳，爬上坡去，是青草芊芊的渾圓丘頂，可以環顧幾面的湖水。

正是半下午，天氣仍是涼陰陰的，吹著東北風，還間歇飄著細雨。我們繞著草坡，想把南仁湖看出個大致的輪廓來，卻只見山重水複，一覽無盡。眞羨慕灰面鷲與鷺鷥能夠憑虛俯眺，自由無礙地巡遊。南仁湖不能算一個大湖，但是水域縈迴多灣，加以四周山色連環，卻也不像小湖那麼一目瞭然。湖岸線這麼曲折，要是徒步繞湖一圈，恐怕得走一整個下午；何況有好幾段草樹糾繆，荒徑若斷若續，忽高忽低，未必通得過去。

高島入山多次，地形很熟，正爲我們指點湖山風景，宓宓忽然說：「對面有人。」大家眺向北岸，灰褐色的土地祠邊果然有人走動，白衣一閃，就沒入了樹影。

「會是誰呢，在這山裏？」我問。

「可能是來研究生態的什麼專家，」高島說，「有些教授一來就住上十天半個月……咦，那不是灰面鷲嗎？還是一對呢！這種鳥十月間多從滿州過境，現在已經是十月底，快過了。」

大家正在追蹤鳥影，一面懊惱沒帶望遠鏡來，隔湖又傳來人聲。那是女人的聲音，像在吆喝什麼。北岸的斷堤埂上出現一個人體，個子不高，一疊連聲，正把一頭大水牛趕下水來。

高島笑起來說：「那是林家的嫂子，要把那頭牛趕過這邊來。」

「牠會游水嗎？」我訝然。

「怎麼不會？是水牛呢。」

那牛果然下了湖，龐然的黑軀已經浸在水中，只露出一弧背脊和仰翹的鼻頭，斜裏向窄水近岸處泅了過來，七、八分鐘後竟已半渡。那路線離我們立眺的山坡約有百多公尺，加以天色陰陰，覷不很眞切，只能憑那一對匕首似的大彎角，來追認牠頭的擺向。大家都稱讚那水牛英勇善泅，高島尤其笑得開心。這時，牠卻停了下來，只探首出水，一動也不動。

「牠一定是在水淺的地方找到了歇腳石，」我說。

「湖水並不深，所以渡筏也可以用竹篙來撐，」高島說。「這南仁湖的水面已有海拔三百十幾公尺了，只因爲圍在山裏，看不出高來。」

正說著，對岸的人影在土埂上跑上跑下，又吆喝起來。水面那一對牛角擺了一下，向前移動起來，有時候似乎還回過頭去，觀望女主人的動靜。女主人繼續喝叱，不容牠猶豫。終於水牛泅到了湖這邊來，先是昂起了崢嶸的頭角，繼而露出了大半個軀體，卻並不逕上岸來，只靠在樹根畢露的黃土斷崖下，來回地扭著身子。

「那是在磨癢，」高島說：「泡在水裏，不但舒服，還可以擺脫討厭的牛虻。哈哈，你看那頭牛，根本不想回家來！」

對岸的女主人儘管聲嘶力竭，那頭牛卻毫不理會。這一主一畜和我們之間，形成了一個鈍角三角形，而以牛爲鈍角。一幕事件單純而趣味無盡的田園諧劇，就這麼演了半個多小時，丘頂的我們是不期而遇的觀衆。高島樂得咧嘴直笑，說僅看這一齣，今天就沒白過。最後，那女人放棄了驅牛的企圖，提高了嗓子喊她的丈夫。

「她家隔著一個山坡，」高島說：「天曉得她丈夫什麼時候才過來渡她。我們中午足足喊了一個多鐘頭呢。」

可是這一次白筏卻來得很快，筏首昂起，一排紅帽蓋在青山白水之間分外醒目。高島一看見，便高與地大叫：

「林先生，渡我們過去！」

那矮壯的篙夫轉過頭來，看到我們，便把遲緩的筏子斜撐過來。十幾分鐘後，我們都跳上了筏子。篙夫把丈八竹篙舉過我們的頭頂，一路滴著湖水，向左邊猛地一捅、一撐，把筏首又對回他「牽手」的方向。白筏朝北岸慢吞吞地拍水前進。四山的蟬聲噪成一片。

「那隻牛鬧什麼脾氣呀？」高島問那濃眉厚脣的篙夫，「林嫂趕了半天，都不肯上岸來。」

篙夫並不立刻回答，只管轉頭去瞅那崖下的畜牲，才慢吞吞地說：「早起爲牠穿了鼻子，牠有點受氣。」

「你們籠總有幾隻牛？」宓宓問。

問話吊在半空，隔了一會，才吐出答案：「十幾隻。」

3

渡過北岸，一行三人沿著湖水向右手曲折走去。高島堅持北岸更好，因爲地僻路荒，人迹罕至，而且林木較密，也較原始。南仁湖四周眞是得天獨厚的青綠世界，由迎風的季風林所形成，爲島上僅存的低海拔原始林區。相思樹、珊瑚樹、象牙樹、青剛櫟、長尾栲、紅校欑等，叢叢簇簇，密布在多風的山坡，更與大頭茶、大葉樹蘭一類較矮的樹雜伴而生，翠蔭裏還蔽護著無數的蕨類。這一千多公頃的綠色處女地，文明的黑腳印不許魯莽踐踏的生態保護區，倖存於煙囪、挖土機、擴音器之外，爲走投無路的牧神保留一隅最後的故鄉，讓飛者飛，爬者爬，游者從容自在地搖鱗擺尾，讓窒息的肺葉深深呼吸，受傷的耳朵被慰於寧靜，刺痛的眼睛被撫於翠青。

從南岸看過來，北岸這一帶特別誘人，因爲密林開處有一片平曠的草原，緩緩斜向湖水，盈眼的芊芊呼應著近岸而出水的螢藺。那樣慷慨而坦然的鮮綠，曾經在什麼童話的第幾頁插圖裏見過，此刻，竟然隔水來招呼我的眉睫。無猜的天機，那受寵的驚喜正如一隻蜻蜓會停在我的腕上。從南岸看過來，黑斑斑一簇，周圍灑落了一點點乳白，對照鮮明，正是起落無定的鷺鷥依傍著放牧的水牛。這黑白的對照，襯著柔綠的舒適背景，卻被鬱鬱蒼蒼的兩岸坡岬，一左一右地遮去大半，似乎造化也意有所鍾，捨不得一下子就讓我們貪婪無饜的眼睛偷窺了這天啓的全貌。於是我們決定北渡，去探那牧神的隱私。

今夏一場韋恩颱風，肆虐的痕迹就在這世外的山裏仍處處可見。最顯眼的是縱橫的斷枝，脆的，一截截吹落在湖岸，堅韌的，像竹，則斷而不脫，仍然斜垂在主幹上，露出白心。我向叢竹裏折取了一根三尺多長的金黃斷枝，揮了幾下，細長俐落而有彈力，十分得手。於是一路揮舞著，見到順手的斷枝，便瞄準重心所在，向湖上挑去，竟也玩得很樂。高島則背著一應俱全的攝影器材，領著宓宓在前頭，正在端詳湖景，要挑一處角度最好的「風景眼」，去擒粼粼的水光，稠稠的樹色。若是忽然瞥見一閃白鷺掠波而去，或是映水而立，或是翩翩飛翔，要擇樹而憩，就大呼驚豔，興奮地舉機調鏡，總是遲了半拍，逝了白影。

突然又傳來宓宓的驚呼，那聲音，不像驚豔，倒像驚魘。我嚇了一跳。接著高島也叫了起來，但驚喜多於驚惶：

「一定要拍下來！」他再三嚷道。

我揮動竹枝趕上前去。轉過一個黃土坡，眼前忽然一暗。背著薄陰的天色和近乎墨綠色的密樹濃陰，頭角崢嶸，體格龐沛，順著坡勢布陣一般地，屹立著一羣黑壓壓的水牛。未及細數，總有十幾座吧，最高處的一匹反襯在天邊，輪廓更是突出。最令人震撼的，是羣牛一起回過頭來朝著我們，十幾雙暴眼灼灼瞪瞪而來。這景象不能說怎麼可怖，但是巍巍的巨物成陣，一口氣擋住了去路，卻也令人不能不凜然止步。

「快照啊，」我催他們，「趁牠們一起都對著我們。」

牛羣對我們的集體注視，令我們感到處於焦點的緊張，同時牠們那種不約而同的專注神態，又令人覺得好笑。兩人手忙腳亂地拍了幾張「牛陣圖」之後，我們一個個向後轉，終於在那許多雙目光的睽睽之下，撤退了。

「要是眞面對著田單的火牛陣，才可怕呢。」我說著，大家都鬆了一口氣，一起沿著北岸向西走。湖邊的一條黃土小路，左迴右轉而且起伏不平，一會兒是窄埂，一會兒是斷徑，也不見有什麼人來往，野草卻踐得殘缺不全。近岸處的樹叢下，時或令人眼睛一亮，不是匍地而開的怯紫色蝶豆花，便是粉紅色的馬鞍籐。最後來到一片開曠的草地，高島和宓宓便忙於張設三角架，測光，對鏡，要把南仁湖的隱私之美伺機攝下，好帶到山外的人間去作見證。我就在水邊找到一截粗拙的樹枝，坐下去，靜觀黑嫩的蝌蚪，有的擺尾來去，有的伏臥如寐，風來時也隨波晃漾，起伏不已。可以想見明年春天，蛙喧的聲勢有多驚人。現代的都市人對山林和田野越來越患鄉愁，雖然可以在牆上掛幾張風景來望梅止渴，效果究竟還不夠生動。其實錄音帶這麼發達，為什麼沒有人把蛙鳴、蟬嘶、鳥叫、潮囂之類的天籟一一錄下，來解城棲者可憐的耳饞？要是有這種錄音帶就好了，我們就可以在臨睡前播放，輕輕地，像是來自遠方，然後就在滿塘的閣閣蛙唱裏，入了仲夏夜之夢。

蝌蚪的尾巴這麼長，游動時抖得變成一串S形，十分有趣。我忽然心動，便把折來的黃金竹枝探入水裏，去逗弄這些黑蛙娃。看牠們奔來竄去的樣子，眞是好玩。這些黑蛙娃結構單純，都是一粒大頭的後面拖著一條長尾巴，像一條黑豆芽。那橢圓的滑頭不怎麼好玩，一來因為太小，二來因為怕傷了牠。那搖擺不定的尾巴卻誘人去戲弄。漸漸地，我學會了一招絕技，就是用竹枝的細尖把黑蛙娃的尾巴按在土岸上。牠一驚，必定使勁抖尾巴，當然掙不開了。然後你一鬆竹枝，牠立刻擺尾急竄，向深處潛逃，那情景十分可笑。不過黑蛙娃尾滑滑，又特別警覺，要能將牠夾個正著，一舉擒住，卻也不容易。平均十次裏面，最多命中一次。開始我深怕牠一掙扎便掉了尾巴，那就太殘忍了，後來發現那尾巴堅韌得很，怎麼扭掙都不要緊，就放心玩下去了。就這麼，竟玩了近一小時。

水面下幾寸之內的淺處，是黑蛙娃集體遊憩的幼稚園，說得上是萬頭攢動。水面上，踏著空明的流光來去飄忽的獨行客，卻是水蜘蛛。無論你怎麼定神追蹤，再也看不清牠迷離的步法究竟怎樣在演變，只覺得牠的怪異行程像鬼在下棋，落子那麼快，快過蜻蜓點水，一霎時已經七起八落，最後總是停在你的目光之外。更怪的是，一般的水蜘蛛都有八隻腳，南仁湖上的卻只有四隻，而且細得像頭髮，膝彎幾乎成直角，身軀也細瘦得不可思議，給我的感覺，正如一組詭譎的幾何線條掠水而過。

暮色從湖面躡來，也是一隻水蜘蛛。什麼時候湖面已經漸漸暗下來，擡頭一看，因為天色已經在變色了。這才發現高島已經在收三角架，宓宓在草地背後的土埂上喊我。「該回去了，」高島也說。三個人便沿著湖岸向東走，目標是斷堤近處一根繫了縴纜的木樁。

「白鷺！」宓宓叫起來。

兩隻鷺鷥一前一後，從斷堤裏面幽深的湖灣飛來，雖然在蒼茫的暮色中，襯著南岸鬱鬱莽莽的季風林，仍然白得豔人眼目。那具有潔癖的貞白，若是靜綻如花，還不這麼生動，偏偏又這麼上下飄舞，比白蝶悠閒，比雪花有勁，就更令人目追心隨，整個風景都活潑起來了。雙鷺飛到南岸渡頭上面的樹叢，就若有所待地慢慢迴翔起來。

「哇，你們看哪！」高島大叫。

從暮色深處，湖的東端，無中生有地閃出四、五隻，七、八隻，不，十幾隻白鷺鷥來，一時皓皓晃晃的翅膀紛紛飄舉，那樣高雅而從容，雖然凌空迅飛，卻寧靜無擾，彼此之間的位置也保持不變，另有一種隱然的默契和超然的秩序。而白羽翩翩從暗中不斷地招展而來，「靈之來兮如雲」，直到我估計歸林的羣鷺，在對岸的樹梢起起落落，欲棲而不定欲飛而又迴旋，至少有五十多隻。不久，天色便整個暗下來了，雲隙間幾片灰幽幽的光落在湖面，反托出羣山的倒影，曖昧得令人不安。夕愁，就是這樣子嗎？我們站在渡頭，等待中，面前這一片湖水愈加荒僻，而浮出水面的，不是山，不像是山了，是蠢蠢的獸。

「他一定忘記我們還在這邊了，」高島說著，大吼一聲：「令賞！」

回聲在亂山中反彈過來，虛幻而異怪，所有的精靈只怕都驚動了。背後的密林裏傳來不知名的吟禽，一串三個音節，不能算怎麼恐怖，卻令人有點心虛。宓宓和我也發出怪叫來助陣，一時黑暗的秩序大亂。

「令賞！」羣山異口同聲地回答我們。

我還想借水光看腕錶已經幾點了，卻什麼也看不清。這麼喊喊停停，也不知過了多久。忽然水面上傳來人聲，像是兩個人在說話。

「令賞！」高島大叫。

「來了，」是篙夫在回答。

不久傳來了水聲，想是竹篙撥弄出來的，入水是波的一刺，出水是一串水珠落回水中。水聲和人語漸漸近來，渾渾然筏子的輪廓也在夜色中蠢蠢出現。終於筏子攏岸，昏黑中，我們粗手笨腳地都踩了上去，把自己交給了叵測的湖水。人影難辨，只能從語音推測，在筏首撐篙的是林先生，在筏尾撐的是他的兒子。不由自主地，我想起陰間擺渡的船夫凱倫（Charon）。

4

從飢寒交迫的戶外夜色裏回到林家的平頂舊厝，在日光燈下享用熱騰騰的晚餐，分外感到溫暖。林厝一共分成四間，正中的堂屋有香案與神龕，供著媽祖，牆角卻架著彩色電視機，臺北的歌星正在螢光幕上顧盼弄姿。向右是一間飯廳，後門開出去，是一口石井，笨重的抽水機可以咿啞打水。向左是一間木板隔成的睡房，一張大牀三面抵住牆壁，佔去房間的三分之二，也是用硬木板鋪成，上面只蓋了一層單薄的墊褥。主人指定我們住這一間，我們的晚餐也就在這一間吃。就著一張小桌子，高島和宓宓坐在牀沿上，我則打橫坐在凳子上。

一切都很簡陋，桌上的晚餐卻毫不寒酸。一大湯碗的草魚，一碗筍，一碗青菜，一盤田螺，圍著中間的一大鍋燒酒雞，三個人努力加餐，仍然剩下了一大半。尤其是那一鍋雞湯，恐怕足足倒了一瓶米酒，燒的是一整隻土雞。每個人至少喝了兩碗湯，至於雞肉，卻燉得不夠爛熟，嚼得有點辛苦。因為酒濃，不久我便醺然耳熱起來。雞，是自己養的。菜，是自己種的。筍和田螺都是天生。魚呢，滿滿的一湖活跳生鮮，只要你撒下網去，絕不會讓你空網而歸。搖鰭擺尾的鱗族裏，有鯽魚、鰱魚，還有塘虱魚。

微酡的醉意下，高島提議去渡口的山坡上看那些歸巢的白鷺。

「這麼晚了，看得到嗎？」宓宓有點疑惑。

「哦，看得到的。一嚇，就飛起來了。」高島保證。

「這麼黑，怎麼找路呢？」她說。

「有燈呀！」高島說著，回身向牀上的背囊裏掏出一支電筒，和一個像小熱水瓶的盒子，只一擰，那盒子就驀地劇亮起來，淨白的光氾了一室，耀人眼花。高島得意地笑說：「這是強力瓦斯燈，我特別帶來的。」

於是宓宓拿著電筒，高島舉起明燈，三人興致勃勃地再出門去。走過曬穀場，剛踏上瘦脊嶙嶙的土埂，宓宓忽然驚呼：「開了，你們看！」大家轉頭一看，跟滿塘眼熱的嫣紅打了個照面，齊齊叫了起來。日間含羞閉瓣午睡酣酣的幾百朵睡蓮，竟全都醒了過來，趁太陽不在家，每手擎著一枝，舉行起燭光夜會來了。經我們的瓦斯燈煌煌一照，滿塘的紅顏紅妝一時都回頭相望。寂靜中，只聽見瓦斯迎風的炙響，青蛙跳水的清音。

驚豔一番之後，意猶未盡，只好別過頭去，向坡上攀爬。四周一片黑，高島手中的光亮像一盞神祕的礦燈，向煤坑的深處一路挖去。到了坡頂，喘息才完，四周闃寂無聲，只有瓦斯燈熾烈旺盛地嘶嘶響著。湖山渾然在原始的黑沈沈裏，從石板屋到滿州，從南仁山到太平洋岸，十幾公里的生態保護區，只有這一盞皎白的燈亮著，暗中，不知道有多少驚寤的眼瞳向它轉來，有的瞿瞿，有的眈眈，向這不明來歷的發光體注目而視。衆暗我明，我們是焦點，是靶心，太招搖了，令人惴惴不安。

「飛起來了！」宓宓叫道。「一起飛起來了！」

說著她揮動電筒長而細的劍光，去追蹤滿空竄擾的翅膀。幾十隻驚起的棲鷺從草坡另一面的密林梢頭，激湍迴瀾一般地四瀉散開，在夜色裏盲目地飛逐來去，無數亂翼在電筒的窄光裏一閃而逝。儘管如此，這一切卻在無聲中進行，沒有一聲鳥呼，像一場啞夢。

突然，高島把瓦斯燈熄掉，黑暗的傷口一下子就癒合了。只剩下宓宓的窄劍不時揮動著淡光，在追捕零星的鷺影。晚上九點鐘的樣子，四圍的山脊起伏，黑茸茸的輪廓抵在灰黯黯的夜空上，極其陰森曖昧，難以了解。勁風從東邊吹來，那是太平洋浪濤的方向。隔著東岸的丘陵當然聽不見潮水，天地寂寞，即使用一千隻耳朵諦聽，十里之內，也只有低細的蟲吟。

5

再回到林家厝，宓宓和我都有點累了。高島卻精神奕奕，興致不減，又從他的百寶囊中取出土紅的茶壺和三只小茶盅，點起酒精燈，煮起烏龍茶來。他再三強調，入山旅行不可不帶茶具，更不可不喝熱茶。一面說著，一面爲我們斟滿泡好了的烏龍，頓時茶香盈座。宓宓淺啜了一口說道：

「這麼濃的茶，我不敢多喝，怕睡不著。你又喝茶又喝酒，高先生，一切都揹在背包裏，不怕重嗎？」

「這些行頭加起來也不過二十公斤，算得了什麼？」高島說著，瞪大了圓眼，一揚眉毛，自豪地笑了起來。「我做了好幾年的高山嚮導，這一切早就慣了。也不記得帶過多少登山隊了，下雪，颱風，什麼都遭遇過，尤其是下雨，一下大雨就會發山洪。有時候困在雨裏，只好在帳篷裏一夜睡在水上，禱告整個通宵。」

「聽說你救過好多人呢，」宓宓說。

「那本來就是嚮導的責任，」高島輕描淡寫地說。「有一次冒著暴雨，登山隊裏一個女孩子吵著要自己先回去，再勸也沒用。果然，跌下了山去，跌到一半斷了腿，再翻身又滾了下去，成了重傷。她要求大家讓她死掉，因爲斷骨錯在肉裏，不能再移動，太痛苦了，又怕會終生殘廢。我把她勸得心回意轉。大家輪流揹她下山，沒有誰不累得死去活來。」

「眞是太慘了，」宓宓說。「後來呢？」

「後來總算醫好了，年輕嘛。」

「臺灣的山難事件也眞多，」我說。

「不外是準備不夠，經驗不足，失去聯絡，而且不信嚮導的話……」

大家笑起來。宓宓又問高島是不是常不在家。

「是啊，」高島眉毛一揚。「三天倒有兩天是出門在外，以前是做高山嚮導，現在是爲了攝影。照相的人不像你們詩人可以在家裏吟風弄月，我們只有到處去尋找鏡頭，有時爲了等一次驚天動地的浪花，要在海風和鹹水裏……」

「攝影家必須深入自然，深入民間，」宓宓大發議論，正待說下去。

「攝影家是一種特殊的旅行家，」我搶著說。「他不但要經營空間，更要掌握時間。世上一切啓示，自然所有的奧妙，只展向耐久的有心人。他是美的獵者。徐霞客要是有一架奧林匹斯……」

「說得好，說得好！」高島大笑。

「攝影家一定要身體好，」宓宓說。「你認得莊明景嗎？對呀，就是拍黃山的那位。爲了要拍落日從山谷的缺口落下，他請嚮導把自己綁牢在松樹上，以防跌下山去。」

「我的身體從不生病，」高島認眞告訴我們。「以前我常練瑜伽術，可以倒立好半天。有一年冬天，有個和尙跟我打賭，兩人把上身脫光了，倒立在風裏，引來好多人圍觀，最後那和尚凍得受不了，只好認輸。哪，像這樣——」

說著他果眞在牀上一個倒栽，竪起蜻蜓來。他竪得挺直，過了幾秒鐘，又放下腿來，兩膝交盤在一起，最後把下半身向前折疊過來。這麼維持了一陣，才一一自行解開，恢復原狀。宓宓和我鼓掌喝采。

「再來一杯茶吧。」高島略略喘息之後，又爲我斟了一杯。

大家眞也累了，就勢都躺了下來，睡在硬板的大通鋪上。宓宓在我左手，高島在我右側，不一會，兩人都發出了鼾聲，一個嚶嚶，一個咻咻，嚶吟在左，咻哦在右，此起彼落，似乎在爭頌睡神。只剩我獨自清醒地躺著，望著沒有天花板的屋頂，樑木支撐，排列著老厝的脊椎。燈暗影長，交疊的樑影裏隱隱約約都是灰褐的傳說。這樣的屋頂令我回到了四川，回憶有一種瓦的溫柔。

就這麼無寐地躺在低細的蟲聲裏，南仁湖母性的懷中，感到四川爲近而臺北爲遠。臺北和我已變得生疏，年輕時我認得的臺北愛過的臺北，已經不再。廈門街的那條巷子，我曾經歌頌過無數次的，現在拓寬了，頗有氣派，但我的月光長巷呢，三十年的時光隧道已成了歷史，只通向回憶。

經過了香港的十年，去年回來，說不上「頭白東坡海外歸」，卻已是另一個人了。我並沒有回到臺北，那回不去了的臺北，只能說還來了高雄。奇異的轉化正在進行，漸漸，我以南部人自命，爲了南部的山海，和南部的一些人。相對於臺北的陰鬱，我已慣於南部的爽朗。相對於臺北人的新銳慧黠，我更傾心於南部人的鄉氣渾厚。世界已經那麼複雜，鄰居個個比你精細，錙銖必較，分秒必爭；能有一個憨厚些的朋友，渾然忘機地陪你煮茶看花，並且不一定相信「時間即金錢」，總令人安心，放心，開心。我來南仁湖山，一半出於老派的煙霞之癖，什麼鷗盟鷺約之類的逸興，一半卻是新派的生態保護，對種種汙染與破壞的抗議。深入原始的山區，原爲膜拜牧神而來。不料嚮導我來的人，出山入水，餐風飲露，與萬物共存而同樂，童眞未喪，本身已經是半個牧神了。說不定就是牧神派來的吧，或者，竟是牧神自己化裝下山的呢？

高島翻了一個身，夢囈含糊，也不知是承認還是否認。

——民國七十五年十一月十五日

關山無月

1

沙田山居十年之後，重回臺灣，實在無心再投入臺北盆地的紅塵，乃卜居高雄，爲了海峽的汪洋壯觀，西子灣鴻濛的落日和永不謝歇的浪花。而想起臺北的朋友，最令我滿足優越感的，是墾丁國家公園就在附近。正如春到臺灣總是我先嗅到，看到，要南下墾丁，先到的也總是我的捷足。所以臺北的朋友每次怪而問我：「你一個人蹲在南部幹什麼？」我總是笑而不答。香港朋友也覺得其中必有什麼蹊蹺，忍不住紛紛來探個究竟。好吃的，我就帶他們去土雞城吃燒酒雞，好遊的，就帶他們去墾丁一看，無不佩服而歸。去年十二月底，金兆和環環也來探虛實。我們，宓宓和我，便帶了他們，還有鍾玲、君鶴、高島，一行七人再去墾丁，向隔海的港客炫耀我們的美麗新世界。

2

到墾丁把旅舍安頓之後，高島就催我們去關山看落日。大家姑妄聽之，因爲天色已經不早，而雲層陰翳，難盼晚霞的奇蹟。中途經過龍鑾潭，只見一泓寒水映著已晡將暮的天色，那色調，像珍珠背光的一面。潭長幾達兩公里，大於南仁湖，是墾丁公園裏最大的湖了。我們下車看湖，只覺得一片空明冷寂，對岸也只是鬱鬱的原始叢林，似乎是一覽無餘了。站久一些，才發現近南岸的沙洲上佇立著三兩隻蒼鷺，背岸向水，像在等潛移的暮色。

「像是從辛棄疾的詞裏飛來的，」我不禁說。

「其實是過境的水鳥，」年輕的守湖人在背後說。

鍾玲見高島在調整望遠鏡，向西北方，也就是湖長的另一端不住地窺覷，問他在看什麼。

「水鴨呀，」高島得意地叫起來。「呵，有幾百隻呢！」

這才發現近北岸處的水面上一片密密麻麻的黑點，於是衆人接過望遠鏡來，輪流觀看。幽幽的水光在圓孔裏閃來晃去，尋了一陣，才越過一叢叢水生的螢藺草，召來了那一大羣水鴨。放大了，就可見牠們在波上浮動不定，黑衣下面露出白羽，頭頸和身軀形成的姿態，以書法而言，介於行草之間。

「那是澤鳧，」守湖人說著，把他的高倍數望遠鏡遞給我。「跟灰面鷲一樣，也是北方的遠客，秋來春去。牠們是潛水的能手，可是因爲尾巴下垂，起飛的時候有點狼狽，在陸地上走也不方便。」

「墾丁公園的候鳥是不是很多？」宓宓問他。

「對呀，百分之四十三都是；有的匆匆在春秋過境，有的夏天才來，像澤鳧跟灰面鷲這樣來過多的最多，叫冬候鳥，約佔其中的百分之三十四。」

「那其餘的呢？」我問。

「其餘的百分之五十七都是土生的囉，叫做留鳥。」

「看來鳥世界的外來客，」我說，「比人的世界更多。」

大家都笑起來。那守湖人卻說：「只希望這些可愛的過客來去自由，不至於魂斷臺灣，唉！」

一片嘿嘿。然後我說：「但願我將來退休後能來陪你做守湖人。」

鍾玲說：「史耐德（Gary Snyder）就在美國西北部的山裏做過守林人。他說，他的價值觀十分古老，可以推回到新石器時代。」

「對呀，」我說。「墾丁公園應該召募一批青年詩人來做守護員，一來可以爲公園驅逐盜賊和獵人，保護禽獸和草木，二來還可以體認自然，充實作品。」

「也應該包括畫家和攝影家，」宓宓說著，望望君鶴和高島。於是大家又笑了。

3

趁著暮色尚薄，我們向關山駛去。一路上坡，有時坡勢頗陡。七轉八彎之後，終於樹叢疎處，來到一片雜有砂石的黃土坳，高島在前車示意停下。亂石鋪就的梯級上是一座寬敞的涼亭，比想像中的要堅實而有氣派。大家興奮地把車上的用具和零食搬上亭去。

「你們看哪，多開闊的景色啊！」第一個登亭的人大叫起來。

大家都怔住了。那樣滿的一整片水世界，一點警告也沒有，猝然開展在我們的腳下。那樣的坦露令人吃驚，那樣無保留的顯示令人惴惴，就算是倒吸一口長氣吧，也絕不可能囫圇吞下。何況啓示的不僅是下面的滄海，更有上面的蒼天，從腳下直到天邊的千疊波浪，從頭頂直到天邊的一層層陰雲，暮色中，交接在至深至遠的一線水平，更無其他。面對這無所不包的空闊荒曠，像最後的謎面也一下子揭開了，赤裸得可怕，但這樣大的謎底，到底，要告訴我們什麼呢，反而更成謎了。神諭，赫然就在面前，渺小的我們該怎樣詮釋？

「你們看，」我說。「遠方的水平線好像並不平直，而是弧形，好像海面有點隆起——」

經我一提，大家都左右掃描起來。也不知是否心理作用，竟然都覺得那水平線是彎的了。這麼說來，此刻我們目光掃巡的，豈不是一切形象之所託，我們這水陸大球的輪廓了麼？如果視界有阻或是立足不高，就不會有這種感覺。但是關山的海拔一五二公尺，又名高山巖，這座觀景亭又建在巖邊，無遮無蔽地正對著海峽，本就應該大開眼界。這樣大的場面以漠漠的海天為背景，也只有落日能當悲壯的主角，可惜天陰不見落日，遠處的三五隻船影，貼在天邊，幾乎沒有動靜，只能算臨時演員罷了。

「我從來沒有一口氣見過這麼多水，」環環說。

大家都被她逗笑了。宓宓說：「那是因為香港多港灣也多島嶼洲磯，而且渡輪穿梭，所以海景雖有曲折之勝，卻無眼前這般空曠。」

高島接著說：「你們知道大家腳下踩著的這一片山巖，三萬年前是在海底嗎？」

金兆笑說：「怎麼會呢？」

「是路嘉煌說的。這一帶的地質是珊瑚礁岩層，從海底升上來，每年增高大約五公厘，你照算好了。他說這就叫滄海桑田。」

「這過程麻姑才看得見，」我說。「中國人一到登高臨遠，就會想起千古興亡，幾乎成爲一種情意結。也許是空間大了，就刺激時間的敏感。陳子昂登高臺，看見的不是風景，而是歷史，眞所謂生年不滿百，長懷千歲憂。」

「關山這地名就令人懷古，」鍾玲望著陡落的岩岸，若有所思。

高島說：「臺灣有好幾處地名叫關山。」

「關山難越，誰悲失路之人，」我不禁低吟。「一提到這地名，就令人想起關山行旅，隱隱然不勝其辛勞與哀愁——」

「李白也說，」鍾玲緊接下去。「夢魂不到關山難。」

「你們別再掉書袋了，」宓宓從長廊的一頭走來。「天都黑下來了，晚飯怎麼辦呢？」

望海的眼睛全回過眸來，這形而下的問題倒是滿重要的。有人主張回旅館吃，有人說不如去恆春鎮上。高島堅持大家留在亭子裏，由他駕車去恆春買晚餐。

「在亭子裏吃，呵，最有味道！」他再三強調。

4

目送高島駕著白色的旅行車上路之後，六個人便忙著布置起來，把零食擺滿了一桌，一面等高島回來，一面大嚼花生。也許真的餓了，也許人多熱鬧，更因爲高亭危巖，海天茫茫而又四圍夜色，衆人在興奮之中又帶點悲恐，花生的滋味就分外津津可口。君鶴在一旁專司掌燈，把高島帶來的強力瓦斯燈刷地一下點亮，黑暗，踉踉蹌蹌地一把給推出亭去，而亭柱和欄杆的陰影，長而曖昧地，也給分擲出去，有的，就連亭外的樹影，一起撲向附近的巖壁。於是周圍好幾公里的混沌夜色，平白被我們挖出一個光之洞來，六個人就像史前人一樣，背著原始的暗邃，聚守在洞裏。

隱隱傳來馬達的律動。接著一道強光向我們揮來。

「高島回來了，」大家歡呼。有人站了起來。

那道光掃過亭柱，一排排，狂囂的引擎聲中，曳著一團黑影，掠亭而去，朝貓鼻頭的方向。

「是機車，」君鶴說。

「高島還不來，」鍾玲嘀咕。「餓死人了。」

宓宓安慰她說，開車費時，還得點菜呀，還得等呢。高島最負責任了，很快就會回來的。不知是誰建議，大家輪流追述平生吃過的最美味之菜。立刻有人反對，說這不是整冤枉嗎，愈誇愈饞，愈饞愈餓。

「這樣吧，」我說。「此情此景，正是講鬼故事的好地方。不如開講吧，用恐怖來代替饑餓——」

「那也好不到那裏去，」哄笑聲中鍾玲反對說。

「你這個人哪，餓也餓不得，嚇也嚇不得。由不得你了。從前，有一個行人投宿在一家小野店裏。那家店陳設簡陋，燭火幽暗，臨睡之前那路客對著一面煙昏曖昧的舊鏡子刷牙。他張口露齒，鏡中也有人張口露齒。他揮動牙刷，鏡中人也揮動牙刷。他神經質地對鏡苦笑，鏡中人也報以苦笑。他把嘴閉起，鏡中人也——不，卻不閉嘴。他一驚，覺得一股冷風颼颼從鏡中吹來，伸手一摸，卻不是一面鏡子

——」

衆人大叫一聲，瓦斯燈也跟著一暗。

「是什麼？」環環有點歇斯底里了。

「——是一扇窗子！」

三個女人一聲尖叫，君鶴與金兆也面容一肅。然後迸發出一片笑聲。不料首燈炯炯探射而來，高島開車回來了。大家立刻起身歡迎，一陣欣喜的紛亂之後，得來不易的遲到晚餐終於布就，這才發現，除了一大盤香噴噴的烤鴨之外，每人得便當一盒。掀開盒蓋，有雪白的熱飯，有排骨肉一大塊，滷蛋一只，白菜多片。在衆人的讚美聲中，高島更興致勃勃，爲每人斟了一杯白蘭地。快嚼正酣，忽然有人歎說可惜無湯。

「有啊，」高島說著，從暗影裏的木條凳上提來兩隻晃盪盪的袋子。大家一看，原來是盛滿液汁的塑膠袋，袋口用繩子紮緊。「大的一袋是味噌湯，小的一袋是魚湯。」

「太好了，太好了，」金兆歎賞道。「在臺灣旅行眞是方便，不但自己開車，而且隨處流連。在大陸，那裏由得你要什麼有什麼，還臨時去店裏買呢？」

「在香港，你們也沒有這麼玩過吧？」我說。

「是啊，」環環說。「從沒像今天這麼盡興。」

終於吃完了，大家起身舒展一下，便在涼亭裏來回散步。這亭子全用檜木建成，沒有上漆的原色有一種木德溫厚的可親之感，和周圍的景物十分匹配。建築本身也方正純樸，排柱與迴欄井然可觀，面積也相當廣闊，可容三、四十人。亭底架空，柱基卻穩如磐石，地板鋪得嚴密而實在，走在上面，空鏗鏗的，觸覺和聽覺都很愉快。這亭子若非虛架而高，坐在裏面也就沒有這種凌越一切而與海天相接的意氣。墾丁國家公園的設計，淡中有味，平中見巧，眞是難得。

衆人都靠在面海的長欄杆上，靜對夜色。高島走回亭中，把掛在樑上的燈熄掉。沒有缺口的黑暗恢復了完整。幾分鐘的不慣之後，就發現名爲黑暗的夜色其實只是曚昧，淺灰而微明，像毛玻璃那麼遲鈍，但仍能反襯出山頭和樹頂蠢蠢欲動的輪廓。海面一片沈寂，一百多公尺的陡坡下是頗寬的珊瑚礁岸，粗糙而黝黑，卻有一星火光，像是有人在露營。淺弧的岸線向北彎，止於一角斜長的岬坡，踞若猛獸。

「那便是大平頂，」高島說。「比我們這邊還高。」

「那麼岸邊，低處那一堆燈火是什麼村莊呢？」

「哦，那是紅柴坑，」高島說。

「近處的燈火是紅柴坑，」君鶴說。「遠一點的，恐怕是——蟳廣嘴。」眞是有趣的地名，令人難忘。民間的地名總是具體而妥貼的，官方一改名往往就抽象空洞了。衆人看完了海岸，又回過頭來望著背後的山頭，參差的樹頂依然剪影在天邊，而天色依然不黑下來，反而有點月升前的薄明。徒然期待了一陣子，依然無月。

「幸好沒有什麼風，」君鶴說。「否則在這高處會受不了。」

「可惜也沒有月亮，」我說。「否則就可看關山月了。」

「不過今晚還是值得紀念的，」高島說著，無中生有地取出一把口琴來，吹起豪壯的電影曲「大江東去」。畢竟是口琴，那單薄而純情的金屬顫音在寒悠悠的高敞空間，顯得有些悲涼。鍾玲、宓宓和我應著琴韻唱了起來。大江東去，江水滔滔不回頭，啊，不回頭。金兆和環環默然聽著，不知道他們在想些什麼。也許是他們的年輕時代吧！那時，他們還在海峽的對岸，遠遠在北方，冬之候鳥，澤梟和伯勞，就從那高緯飛來。有時候，一首歌能帶人到另一個世界。

口琴帶著我們，又唱了幾隻老歌。歌短而韻長，牽動無窮的聯想。然後一切又還給了岑寂與空曠。紅柴坑和蟳廣嘴的疎燈，依然在腳底閃爍，應著遠空的星光兩三。酒意漸退，而海天無邊無際的壓力卻愈來愈強。經過一番音樂之後，儘管是那麼小的樂器，那麼古遠的歌，我們對夜色的抵抗力卻已降到最低。最後是鍾玲打了一個噴嚏，高島說：

「明天一早還要去龍坑看日出，五點就起牀。我們回去吧。」

——民國七十六年二月一日

龍坑有雨

凌晨五點正我們就出發了。整個墾丁半島都還在夢中，連昏昏的大尖山也不例外。天和海渾茫茫而未開。車首燈的強光挖隧道一樣地推開夜色，一路炯炯地向前探去，路邊的反光石曳成一條燦燦的金鍊子，那樣醒目地拋過來迎接我們，有一點催眠。路又平穩，四輪無聲，車內的儀表板一排燐燐的綠光，很過癮，夢遊若星際旅行。

美中不足的是夢遊得太短了，不是以光年計算。這樣空靜的世界，這樣魔幻的路，應該永遠遊弋下去的。但是一道眈眈的白光從橫裏霍霍地掃來，把夜色腰斬成兩半，旋斬旋合，旋合旋斬，有如神話的高潮。鵝鑾鼻燈塔到了。

車向右轉，輾過了一段卵石小徑，停在一片黃土場上。大家下得車來，紛紛披上外套。單衣過多的高島，在長袖衫外竟也加了一件藍背心；大家跟在後面，破曉前的闇昧裏，只看見他負著登山行囊的健碩背影。一行七人在兩把電筒的揮引下，踉踉蹌蹌地向龍坑進發。

正是耶誕節的凌晨，冬至才過，夜長而晝短。已經快五點半了，陰雲低壓的天色灰漠漠溼湫湫的，單憑電筒的弱光還撥不開地面的混沌。土徑窄處，林投樹的長葉伸出帶鋸齒的綠刀向人臉揮來，手榴彈一般的果實，乍一瞥見，也令人吃驚。

每隔三十秒鐘，燈塔的激光就在背後追掃過來，一刹那天驚地愕，七人頓成白晃晃的幽靈。一百八十萬的燭光，從四等旋轉透鏡裏射來，是多大的威力。我們就在光鞭的揮打下倉卒逃亡，每半分鐘就挨一下鞭。明知其不必要，那種惶急的危機感卻逼人而來，無可避免地，想起一些越獄高潮的鏡頭。對於慣看電影的人來說，生命，確是倒過來摹仿藝術。

紛沓的腳步聲裏，電筒的光圈映出亂石雜草的土徑，和起落踢踏的腳。漸漸地，灌木叢中有鳥聲啁啁，傳來黎明的捷報。不久更聽見一種野性的聲籟，歎而復息，低抑而又深沈。那野籟愈來愈近。一轉彎我們已穿透了草海桐與林投樹叢，整個暴露在空曠的平岸。

一排排的潮水連捲帶撞，搗打在珊瑚礁暗褐色的百褶裙裾上，激起一叢叢飛碎的浪花，那花，旋開旋落，旋落又旋開，在強勁的海風裏維持一個最生動的花季。那放縱的嘶嘯恐怕是最狂野最即興的噪音了，永遠耐聽。就這麼，沿著這有聲的花展，我們向橫阻在岸邊的一列怪岩走去。曉色漸透，是個水氣瀰漫的鈍陰天。平曠的沙灘上散佈著一截截擰曲的斷枝，有的粗而多節，像是斷幹，爲狀奇醜，卻可能是殘株斷梗癖患者崇而拜之的尤物。

「這些都是颱風的遺跡，」君鶴說。

「要是給洪嫺看到，」宓宓笑道。「一定不遠千里拖回家去。」

有人向我們走來，等到近前，原來是兩位守兵，草綠色軍裝外罩著大氅，都佩了槍。

「有許可證嗎？」其中一位攔住我們。

「有的，」我說著，轉身向宓宓，要她把手提袋裏的那張公文拿出來。

「旣然有就好，」那守軍一擺手，和氣地說。「你們好好觀賞吧。請注意保護生態。」說罷，兩人便匆匆向前巡去。

天色已經發白，只見滿空的雨雲在勁風裏遲滯地飄移。雨雲下，那一列怪岩雜錯的長岬，布陣把關一般地阻絕了去路，那色調如鏽如焦，那外殼如破爛如腐朽如鑿如雕，是醜還是美都很難說，奇，卻是奇定了。而且也無所謂擋住去路了，因爲這就是龍坑，臺灣最南端的半島之半島，太平洋和巴士海峽就在此轉彎，長風對遠雲說，這裏，就是天之涯，海之角。

龍坑名不浪得。從燈塔走來，路到盡頭便成了狹谷，長約兩百公尺，底平而壁峭，卽所謂坑。至於龍，就是兩邊峭壁陡坡堆疊而起的兩條蜿蜒石山，山脊的石貌粗糙而錯亂，但彼此在牴觸之中若有呼應，相剋之餘似乎相生，那虛虛實實的關係，令美學家也對之束手，不過合而觀之，卻也一氣呵成，不礙其蛟蟠龍蜿之勢。所以龍有兩條。裏面的一條一面臨谷，另一面連接沙坡，長滿了青翠照眼的水芫花。外面的一條更爲蜒長，頭角崢嶸，遍體的層鱗都暴露在海水的陣前，不用說，千年萬年的風波都已嘗遍。

我們在外龍的腰身下，找到可以把手揷腳的地段，步步爲營地攀緣而上。那情形，就像在長滿尖筍的陡坡上落腳尋路，不同的是，那不是筍，是瘦硬而不規則的尖石。那些猙獰而陰險的多角體，不是礙肘就是礙膝，一個分神你就會擦上，撞上，跪上。若以爲又皺又薄的石角脆而易斷，就犯了大錯。無論你如何撼搖或用硬物猛敲，都休想損得了它。這一大盤高位珊瑚礁，原來是從海神的地窖裏緩緩升起，像一尊遲鈍而有耐心的黑獸在浪裏擡起身來，而我們都跨在牠的背上。

我們都登上了龍脊，那上面的鰭鱗也很難立腳。幸喜有一條非橋非棧的方木板路，帶我們直到懸崖邊上。大家靠在危石上引頸下窺，自虐了一陣，正駭怪數仞下怒濤在轟襲千穿百孔的岩腳，激起一陣陣飛沫和盤渦，忽然下起雨來。雖然是斜斜的飄雨，外套也有了濕意。不久愈落愈密，竟然大起來了。鍾玲和宓宓就避到一塊傾危的廡孔大石下去，兩人委委曲曲分據了石下的坳坑，只留下一角容我斜揷進半腳。高島、君鶴、金兆、環環是怎麼避的，穴中的三鴕鳥就不暇兼顧了。

一早起身什麼也沒吃，鍾玲正待訴苦飢寒交迫，雨卻轉小而停。高島支起三腳架，準備照陰天清晨的潮水，和太平洋上的兩隻船影。君鶴則選定一個較高且平的立腳點，開始潤筆調色，要速寫一幅水墨海景。宓宓和鍾玲都拿了相機，在危險而又醜怪而又刺激的稜角之間橫跳斜縱，僥倖取巧，並且乘風起浪湧的高潮，一舉手捕捉龍坑一瞬萬變卻又終古不變的神貌。

風從北來，強勁中挾著陰濕，還帶點海鹹的水腥氣，衝力不下於一個十三、四歲的男孩，掀得每個人都腳步踉蹌。這樣的角力，加上海的搶攻，岸的頑守，腳下這怪石陣的陰謀狡詐，令人覺得冒險而興奮，幻想之中已經落了好幾次海。有些懸崖岌岌乎俯臨在浪上，跟對面的另一片崖角若即若離，那樣鄰近，似乎在誘我、激我作英雄之斷然一躍。待向下一窺，暈眩的空間卻在峽壁的深處，以風和浪的聲勢、嶙峋石筍的陣容向我恫嚇，一瞬間，我見到自己墜入了峽底，曳著失足的驚呼。

勁風當面摑來，使人寒顫而清醒。猛一轉頭，和對谷的內龍脊背上那一排亂石正打個照面。反負著沈鬱的天色，那些亂石的輪廓分外怪異，一頭頭一匹匹蹲踞的匍匐的妖獸畸禽，蠢蠢然都伺機而動，但每次你一回首，牠們，啊，詭譎的衆獸卻寂然凝定。這一景應該叫「惡夢大展」（the nightmare gallery）。所以探龍坑就該像我們這樣趕破曉之前來，天色一曉，石精海怪便莫施其術了。要是黃昏之際來到，夜色一降，啊，灰者變褐，褐者變烏，黑孺孺的一片，就不敢說了。

若是頑石有靈，或能保祐這龍坑禁地，不讓妄人擅自闖進來走私或破壞生態以圖利。若眞是有這種事情，我也不反對這些珊瑚礁的魂魄化成猛獸去逐趕惡徒，而噬其手足，嚼其心肝。

「你覺得嗎，」宓宓小心翼翼，繞過一個芒角槎牙的獸頭，一跳過來對我說。「這一帶的海岸好像少了一樣東西。」

「少了什麼？」環環也聽見了，從那獸頭的背後探頭問她。

「少了海鷗，」宓宓說。

「對呀，」我說。「潮來潮去，應該有幾隻鷗在其間飛逐，才夠氣韻。」

「什麼緣故呢？」宓宓不解。

「不知道跟黑潮有沒有關係，」我搪塞以應。「你看這一簇簇鈎心鬥角的惡獸吧，白淨的海鷗那裏敢落腳停靠？要不是每夜有燈塔鎮壓，這羣珊瑚石怪不知會怎樣呢。」

大家都笑起來。隔了片刻，鍾玲又說：

「眞掃興，一早來看日出，卻碰上陰雨。太陽的架子好大。」

「其實詩人朝山拜海，多能感應神靈，而得償所請。韓愈登衡嶽而雨開日出，蘇軾隆多在登州而得見海市，都能在得意之餘有詩爲證。我來龍坑拜石拜海，卻不能感動太陽，眞是愧對古人——」

「你還想跟韓愈、蘇軾去別苗頭哪？」鍾玲笑了。

「豈敢，」我也一笑。

「別妄想出太陽了吧，」宓宓指指天空。「能求雨神不再下就夠好了。」

「我的詩不能夠求晴，也不能祈雨，更不能止雨，」我苦笑說。「唯一的辦法就是快快回頭，乘大雨還沒追到。」

於是一行七人在潮聲之中越出了惡夢大展。兩側的黑獸眈眈，假裝沒看見我們。

——民國七十六年二月四日

滿亭星月

關山西向的觀海亭，架空臨遠，不但樑柱工整，翼然有蓋，而且有長臺伸入露天，臺板踏出古拙的音響，不愧爲西望第一亭。首次登亭，天色已晚，陰雲四佈，日月星辰一概失蹤，海，當然還在下面，浩瀚可觀。再次登亭，不但日月雙圓，而且滿載一亭的星光。小小一座亭子，竟然坐覽滄海之大，天象之奇，不可不記。

那一天重到關山，已晡未暝，一抹橫天的灰靄遮住了落日。亭下的土場上停滿了汽車、機車，還有一輛遊覽巴士。再看亭上，更是人影雜沓，襯著遠空。落日還沒落，我們的心卻沈落了。從高雄南下的途中，天氣先陰後晴，我早就擔心那小亭有人先登，還被窸窸笑爲患得患失。但眼前這小亭客滿的一幕，遠超過我的預期。

同來的四人盡皆失望，只好暫時避開亭子，走向左側的一處懸崖，觀望一下。在荒葦亂草之間，宓宓和鍾玲各自支起三腳高架，調整鏡頭，只等太陽從靄幕之後露臉。攝影，是她們的新好癖（hobby），頗受高島的鼓舞。兩人彎腰就架，向寸鏡之中去安排長天與遠海，準備用一條水平線去捕落日。那姿勢，有如兩隻埋首的鴕鳥。我和維樑則徘徊於鴕鳥之間，時或躑躅崖際，下窺一落百尺的峭壁與峻坡，嘗嘗危險邊緣的股慄滋味。

暮靄開處，落日的火輪垂垂下墜，那顏色，介於橘紅之間，因爲未能斷然掙脫靄氛，光彩並不十分奪目，火輪也未見劇烈滾動。但所有西望的眼睛卻夠興奮的了。兩隻鴕鳥連忙捕捉這名貴的一瞬，亭上的人影也騷動起來。十幾分鐘後，那一球橘紅還來不及變成酡紅，又被海上漸濃的灰靄遮擁而去。這匆匆的告別式不能算是高潮，但黃昏的主角畢竟謝過幕了。

「這就是所謂的關山落日，」宓宓對維樑說。

「西子灣的落日比這壯麗多了，」我說，「又紅又圓，達於美的飽和。就當著你面，一截截，被海平面削去。最後一截也沈沒的那一瞬，眞恐怖，宇宙像頓然無主。」

「你看太陽都下去了，」鍾玲怨道。「那些人還不走。」

「不用著急，」我笑笑說。「再多的英雄豪傑，日落之後，都會被歷史召去。就像戶外的頑童一樣，最後，總要被媽媽叫回去吃晚飯的。」

於是我們互相安慰，說晚飯的時間一到，不怕亭上客不相繼離開。萬一有人帶了野餐來呢？「不會的，亭上沒有燈，怎麼吃呢？」

灰靄變成一抹紅霞，燒了不久，火勢就弱了下去。夜色像一隻隱形的大蜘蛛在織網，一層層暗了下來。遊覽巴士一聲吼，亭上的人影晃動，幾乎散了一半。接著是機車暴烈的發作，一輛尾銜著一輛，也都竄走了。擾攘了一陣之後，奇蹟似地，留下一座空亭給我們。

一座空亭，加上更空的天和海，和崖下的幾里黑岸。

我們接下了亭子，與海天相通的空亭，也就接下了茫茫的夜色。整個宇宙暗下來，只為了突出一顆黃昏星嗎？

「你看那顆星，」我指著海上大約二十度的仰角。「好亮啊，一定是黃昏星了。比天狼星還亮。」

「像是爲落日送行，」鍾玲說。

「又像夸父在追日，」維樑說。

「黃昏星是黃昏的耳環，」宓宓不勝羨慕。「要是能摘來戴一夜就好了。」

「落日去後，留下晚霞，」我說。「晚霞去後，留下衆星。衆星去後——」

「你們聽，海潮，」宓宓打斷我的話。

一百五十公尺之下，半里多路的岸外，傳來渾厚而深沈的潮聲，大約每隔二十幾秒鐘就退而復來，那間歇的騷響，說不出海究竟是在歎氣，或是在打鼾，總之那樣的肺活量令人驚駭。更說不出那究竟是音樂還是噪音，無論如何，那野性的單調卻非常耐聽。當你側耳，那聲音裏隱隱可以參禪，悟道，天機若有所示。而當你無心聽時，那聲音就和寂靜渾然合爲一體，可以充耳不聞。現代人的耳朵飽受機器噪音的千災百劫，無所逃於都市之網；甚至電影與電視的原野鏡頭，也躲不過粗糙而囂張的配音。錄音技巧這麼精進，爲什麼沒有人把海潮的天籟或是青蛙、蟋蟀的歌聲製成錄音帶，讓嚮往自然而不得親近的人在似眞似幻中陶然入夢呢？

正在出神，一道強光橫裏掃來，接著是車輪輾地的聲音，高島來了。

「你眞是準時，高島，」鍾玲走下木梯去迎接來人。

「正好六點半，」宓宓也跟下去。「晚餐買來了嗎？」

兩個女人幫高島把晚餐搬入亭來。我把高島介紹給維樑。大家七手八腳在亭中的長方木桌上佈置食品和餐具，高島則點亮了強力瓦斯燈，用一條寬寬的帆布帶吊在橫樑上。大家在長條凳上相對坐定，興奮地吃起晚餐來。原來每個人兩盒便當，一盒是熱騰騰的白飯，另一盒則是排骨肉，滷蛋，和鹹菜。高島照例取出白蘭地來，爲每人斟了一杯。不久，大家都有點臉紅了。

「你說六點半到就六點半到，眞是守時，」我向高島敬酒。

「我五點鐘才買好便當從高雄出發呢！」高島說著，得意地呵呵大笑。「一個半鐘頭就到了。」

「當心超速罰款，」宓宓說。

「臺灣的公路眞好，」維樑喝一口酒說。「南下墾丁的沿海公路四線來去，簡直就是高速大道，豈不是引誘人超速嗎？」

「這高雄以南漸入佳境，可說是另成天地，」我自鳴得意了。「等明天你去過佳樂水、跳過迷石陣再說。你回去後，應該遊說述先、錫華、朱立他們，下次一起來遊墾丁。」

高島點燃瓦斯爐，煮起功夫茶來。大家都飽了，便起來四處走動。終於都靠在面西的木欄杆上，茫然對著空無的臺灣海峽。黃昏星更低了，柔亮的金芒貼近水面。

「那顆星那樣回顧著我們，」鍾玲近乎歎息地說。「一定有它的用意，只是我們看不透。」

「你們看，」宓宓說。「黃昏星的下面，海水有淡幽幽的倒影。哪，飄飄忽忽地，若有若無，像曳著一條反光的尾巴——」

「眞的，」我說著，向海面定神地望了一會。「那是因爲今晚沒風，海面平靜，倒影才穩定成串。要是有風浪，就亂掉了。」

不知是誰「咦」地一聲輕微的驚詫，引得大家一起仰面。天哪，竟然有那麼多星，神手布棋一樣一下子就布滿了整個黑洞洞的夜空，斑斑爛爛那麼多的光芒，交相映照，閃動著恢恢天網的，喔，當頂罩來的一叢叢銀輝。是誰那麼闊，那麼氣派，夜夜，在他的大穹頂下千蕊吊燈一般亮起那許多的星座？而尤其令人驚駭莫名的，是那許多蝟聚的銀輝金芒，看起來熱烈，聽起來卻冷清。那麼宏觀，唉，壯觀的一大啓示，卻如此靜靜地向你開展。明明是發生許多奇蹟了，發生在那麼深長的空間，在全世界所有的塔尖上屋頂上旗桿上，卻若無其事地一聲也不出。因爲這才是永謎的面具，宇宙的表情，果眞造物有主，就必然在其間或者其後了吧。這就是至終無上的圖案，一切的封面也是封底，只有它才是不朽的，和它相比，世間的所謂千古傑作算什麼呢？在我生前，千萬萬年，它就是那樣子了，而且一直會保持那樣子，到我死後，復千萬萬年。此事不可思議，思之令人戰慄而發顫。

「從來沒有見過這麼多星，」宓宓呆了半晌說道。

「這亭子又高又空，周圍幾里路什麼燈也沒有，」高島煮好茶，也走來露臺上。「所以該見到的星都出現了。我有時一個人躺在海邊的大平石上仰頭看星，呵，令人暈眩呢。」

「啊流星——」宓宓失聲驚呼。

「我也看到了！」維樑也叫道。

「不可思議，」鍾玲說。「這星空永遠看不懂，猜不透，卻永遠耐看。」

「你知道嗎？」我說：「這滿天星斗並列在夜空，像是同一塊大黑板上的斑斑白點，其實，有的是遠客，有的是近鄰。這只是比較而言，所謂近鄰，至少也在四個光年以外——」

「四個光年？」高島問。

「就是光在空間奔跑四年的距離，」維樑說。

「太陽光射到我們眼裏，大約八分鐘，照算好了，」我說。「至於遠客，那往往離我們幾百甚至幾千光年。也就是說，眼前這些衆星燦以繁，雖然同時出現，它們的光向我們投來，卻長短參差，先後有別。譬如那天狼星吧，我們此刻看見的其實是它八年半以前的樣子。遠的星光，早在李白的甚至老子的時代就動身飛來了——」

「哎喲，不可思議！」鍾玲歎道。

「那一顆是天狼星吧？」維樑指著東南方大約四十多度的仰角說。

「對啊，」宓宓說。「再上去就是獵戶座了。」

「究竟獵戶座是那些星？」鍾玲說。

「哪，那三顆一排，距離相等，就是獵人的腰帶。」宓宓說。

「跟它們這一排直交而等距的兩顆一等星，」我說。「一左一右，氣象最顯赫的是，你看，左邊的參宿四和右邊的參宿七——」

「參商不相見，」維樑笑道。

「那裏是參宿四？」鍾玲急了。「怎麼找不到？」

「哪，紅的那顆，」我說。

「參宿七呢？」鍾玲說。

「右邊那顆，青閃閃的。」宓宓說。

「青白而晶明，英文叫 Rigel，漢明威在《老人與海》裏特別寫過。哪，你拿望遠鏡去看。」

鍾玲舉鏡搜索了一會，格格笑道：「鏡頭晃來晃去，所有的星全像蟲子一樣扭動，眞滑稽！到底在那——喔，找到了！像寶石一樣，一紅、一藍。那顆豔紅的，呃，參宿四，一定是火熱吧？」

「恰恰相反，」我笑起來。「紅星是氧氣燒光的結果，算是晚年了。藍星卻是旺盛的壯年。太陽已經中年了，所以發金黃的光。」

「有沒有這回事啊？」宓宓將信將疑。

「騙人！」鍾玲也笑起來。

「信不信隨你們，自己可以去查天文書啊，」我說。「哪，天頂心就有一顆赫赫的橘紅色一等星，綽號金牛眼，the Bull's Eye。看見了沒有？不用望遠鏡，只憑肉眼也看得見的——」

「就在正頭頂，」維樑說。「鮮豔極了。」

「這金牛的紅眼火睛英文叫 Aldebaran，是阿拉伯人給取的名字，意思是追蹤者。Al 只是冠詞，debaran 意為「追隨」。阿拉伯人早就善觀天文，西方不少星的名字就是從阿拉伯人來的。」

「據說埃及和阿拉伯的天文學都發達得很早，」維樑說。

「也許是沙漠裏看星，特別清楚的關係，」宓宓說。

大家都笑了。

鍾玲卻說：「有道理啊，空氣好，又沒有燈，像關山一樣……不過，阿拉伯人爲什麼把金牛的火睛叫做追蹤者呢？追什麼呢？」

「追七姊妹呀，」我說。

「七姊妹在那裏？」高島也感到興趣了。

「就在金牛的前方，」我說。「哪，大致上從天狼星起，穿過獵戶的三星腰帶，畫一條直線，貫透金牛的火睛，再向前伸，就是七姊妹了——」

「爲什麼叫七姊妹呢？」兩個女人最關心。

「傳說原是巨人阿特力士和水神所生。七顆守在一堆，肉眼可見——」我說。

「啊，有了，」鍾玲高興地說。「可是——只見六顆。」高島和維樑也說只見六顆。

「我見到七顆呢，」宓宓得意地說。

高島向鍾玲手裏取過望遠鏡，向穹頂掃描。

「其中一顆是暗些，」我說。「據說有一個妹妹不很乖，躲了起來了——」

「又在卽興編造了，」宓宓笑罵道。

「眞是寃枉，」我說。「自己不看書，反說別人亂編。其實，天文學入門的小册子不但有知性，更有感性，說的是光年外的事，卻非常多情。我每次看，都感動不已——」

「啊，找到了，找到了！」高島叫起來。「一大堆呢，豈止七顆，十幾顆。啊，漂亮極了。」他說著，把望遠鏡又傳給維樑。維樑看了一會，傳給鍾玲。

「頸子都扭痠了，」鍾玲說。「我不看了。」

「進亭子裏去喝茶吧，」宓宓說。

大家都回到亭裏，圍著厚篤篤的方木桌，喝起凍頂烏龍，嚼起花生來。夜涼逼人，岑寂裏，只有陡坡下的珊瑚岩岸傳來一陣陣潮音，像是海峽在夢中的脈搏，聲動數里。黃昏星不見了，想是追落日而俱沒，海峽上昏沈沈的。

「雖然冷下來了，幸好無風，」鍾玲說。

忽然一道驃悍的巨光，瀑布反瀉一般，從岸邊斜掃上來，一下子將我們淹沒。驚愕回顧之間，說時遲，那時快，又忽然把光瀑猛收回去。

「是岸邊的守衞，」從眩目中定過神來，高島說。

「嚇了我一跳，」鍾玲笑道。

「以爲我們是私梟吧，照我們一下。」宓宓說。

「要眞是歹徒的話，」高島縱聲而笑。「啊，早就狼狽而逃了，還敢坐在這裏喝凍頂烏龍？」

「也許他們是羨慕我們，或者只是打個招呼吧，」維樑說。

「其實他們可以用高倍的望遠鏡來監視我們，」宓宓說。「我們又不是——咦，你們看山上！」

大家齊回過頭去。後面的嶺頂，微明的天空把起伏參差的樹影反托得頗爲突出。天和山的接界，看得出有珠白的光從下面直泛上來，森森的樹頂越來越顯著了，夜色似有所待。

「月亮要出來了！」大家不約而同都叫起來。

「今天初幾？」宓宓問。

「三天前是元宵，」維樑說「——今天是十八。」

「那，月亮還是圓的，太好了，」鍾玲高興地說。

於是大家都盼望起來，情緒顯然升高。嶺上的白光越發漲泛了，一若腳燈已亮而主角猶未上場，令人興奮地翹企。高島索性把懸在樑上的瓦斯燈熄掉，準備迎月。不久，糾結的樹影開出一道缺口，銀光迸溢之處，一線皎白，啊不，一弧清白冒了上來。

「出來了，出來了，」大家歡呼。

不負衆望，一番騰滾之後終於跳出那赤露的冰輪。銀白的寒光拂滿我們一臉，直瀉進亭子裏來，所有的欄柱和桌凳都似乎浮在光波裏。大家興奮地擁向露天的長臺，去迎接新生的明月。鍾玲把望遠鏡對著山頭，調整鏡片，窺起素娥的陰私來。

宓宓趕快撐起三腳架，朝脈脈的清輝調弄相機。維樑不禁吟哦張九齡的句子：

滅燭憐光滿，披衣覺露滋……

鍾玲問我要不要「窺月」，把望遠鏡遞給了我。

「清楚得可怕，簡直缺陷之美，」她說。

「不能多看，」宓宓警告大家。「雖然是月光，也會傷眼睛的。」

我把雙筒對準了焦距，一球水晶晶的光芒忽然迎面滾來，那麼碩大而逼眞，當年在奔月的途中，嫦娥，一定也見過此景的吧？伸著頸，仰著頭，手中的望遠鏡無法凝定，鏡裏的大冰球在茫茫清虛之中更顯得飄浮而晃盪。就這麼永遠流放在太空，孤零零地旋轉著荒涼與寂寞。日月並稱，似乎匹配成一對。其實，地球是太陽的第三子，月球卻是地球的獨女，要算是太陽的孫女了。這羞怯的孫女，面容雖然光潔豐滿，細看，近看，尤其在望遠鏡中，卻是個痲臉美人——

「眞像個雀斑美人，」宓宓對著三腳架頂的相機鏡頭讚歎道。

「對啊，一臉的雀斑，」我連忙附和，同時對剛才的評斷感到太唐突素娥。

「古人就說成是桂影吧，」維樑說。

「今人說成是隕星穴和環形山，」我應道。

「其實呢，月亮是一面反光鏡，」宓宓說。

「對呀，一面懸空的反光鏡，把太陽的黃金翻譯成白銀，」鍾玲接口。

「說得好！說得好！」高島縱聲大笑。

「這望遠鏡好清楚啊，」我說。「簡直一下子就飛縱到月亮的面前，再一縱就登上冰球了。要是李白有這麼一架望遠鏡——」

「他一定興奮得大叫起來！」維樑笑說。

「你看，在月光裏站久了，」我說，「什麼東西都顯得好清楚。宋朝詩人蘇舜欽說得好：『自視直欲見筋脈，無所逃遁魚龍憂。』海上，一定也是一片空明了。」

「你們別儘對著山呀！這邊來看海！」宓宓在另一邊欄杆旁叫大家。

空茫茫的海面，似有若無，流泛著一片淡淡的白光，照出龐然隆起的水弧。月亮雖然是太陽的迴光返照，卻無意忠於陽光。她所投射的影子只是一場夢。遠遠地在下方，臺灣海峽籠在夢之面紗裏，那麼安寧，不能想像還有走私客和偷渡者出沒在其間。

「你們看，海面上有一大片黑影，」宓宓說。

大家嚇了一跳，連忙向水上去辨認。

「不是在海上，是岸上，」高島說。

陡坡下面，黑漆漆的珊瑚礁岸上，染了一片薄薄的月光。但靠近坡腳下，影影綽綽，卻可見一大片黑影，那起伏的輪廓十分曖昧。

「那是什麼影子呢？」大家都迷惑了。

「——那是，啊，我知道了，」鍾玲叫起來。「那是後面山頭的影子！」

「毛茸茸的，是山頭的樹林，」宓宓說。

「那……我們的亭子呢？」維樑說。

「讓我揮揮手看，」高島說著，把手伸進皎潔的月光，揮動起來。

於是大家都伸出手臂，在造夢的月光裏，向永不歇息的潮水揮舞起來。

——民國七十六年三月七日

木棉之旅

世界上的花樹之中，若論陽剛之美，我的一票要投給木棉。因爲此樹的主幹堅挺而正直，打樁一樣地向大地扎根。發枝的形態水平而對稱，每層三尺，一層層抽發上去，乃使全樹的輪廓像一座火塔。花發五瓣，其色亮橘或豔紅，一叢叢地順枝發作，但從樹下仰望，一朵朵都被黑萼托住，明麗之中另有一種莊嚴。一棵盛開的木棉樹展示出勻稱而豪健的抽象之美。

高雄人雖然把木棉選成了市花，春天來時，市內的紫荊和黃槿雖然處處驚豔，卻少見木棉朗爽的影子。整個中山大學的校園只有瘦瘦的一株，高雄女中的前院有一對；最動人的一叢，約爲八、九株，卻在師範學院裏面。其他的地方應該還有，不過爲數有限，否則去年三月，木棉花文藝季要做海報，不至於找不到可以取景的地方。

倒是沿著初春的高速公路北上，一出了高雄，往往一排排盛開的木棉，像服飾鮮麗的春之儀隊，夾道飛迎而來，那麼猝不及防，又像是美之奇襲，一下子照得人眼紅心熱，四周的風景也興奮起來。美，有什麼用呢？常有精明的人這麼精明地問。我也說不出它究竟有什麼用，只覺得它忽然令你心跳，血脈的河流暢通無阻，肺葉的翅膀迎風欲飛，世界忽然新奇起來。這還不夠麼？

木棉之市而不見木棉，總有點徒具虛名，而所謂木棉花文藝季也只是心裏發熱而已。與其豔羨別的地方木棉成行成隊，例如臺北的羅斯福路，何如趁早在自己的門口植樹呢？所以在三月二十一日，春分那天，木棉花的信徒們便荷鏟提水，在仁愛公園裏種下了一百多棵木棉的樹苗，滿懷希望，預約一個火紅的春天。參加種樹的家庭各認領一棵幼苗，不但全家一起塡土澆水，而且以後還要定期回來護苗。有兩個小姊妹都穿著木棉紅的短裝，戴著木棉落瓣編成的花冠，也忙著爲新苗澆水：她們父母的巧思贏得其他種樹人的稱讚。

一排美麗而伶俐的女童子軍列隊在涼亭邊，等著把帶頭的種樹人領去各自的新苗之前。她們不也是青青的新苗嗎？我滿心愉悅地想。蘇南成市長種的是一號樹苗，我則被領去第二號。那天氣候晴爽，不算很熱，蘇市長興奮得像個大孩子，反過來領著他的那位女童子軍，大呼一聲「跟我來！」他鏟了好多泥土塡坑，對四周的市民和記者說：「這棵樹就是我了，樹在人在，樹死人亡。你們要好好保護。」逗得大家都笑起來。

預約一個火紅的春天嗎？要再過幾年才會成樹發花呢？眞令人等得心焦。但是才過了幾天，就有人告訴我說，那些新苗已經有不少被人拔掉了，或是折斷了。我的心涼了半截。讓春天從高雄出發嗎？大話是我說的。也許我是太天眞了，才看到種子就幻想一座森林。如果心中沒有春天，卽使街上有成排的花樹，空中有成羣的燕子，這仍是一座冷酷的城市。如果人人都不澆別人的樹，綠陰就不會來遮你的頭。

就在這時，遠離五福路和七賢路的滾滾紅塵，在東北東的方向，在兩千八百多公尺的南大武山影下，在一所山胞讀書的國小校園裏，一座百齡以上的原始木棉樹林，卻天長地久地矗在半空，聳著英雄木高貴的門第。

這是薛璋聽來的消息。他隻身下鄉去探虛實，回來告訴我們說，花期已過，滿樹的蒴果懸在半空，不久就會迸裂，只等風來吹棉。還有，他說，那些老樹都已參天，有十層樓那麼高。

「眞的呀？」好幾雙眉毛全擡了起來，沒有十層樓高，卻至少有一寸高。

終於一輛遊覽車載著我們一行二十多人，越過寬寬的高屏溪，深入屏東縣境，來到霧臺鄉武潭國小的平和分校。正是星期天的中午，只偶然看見三兩個衣著簡樸膚色微黯的排灣族小孩。車未停定，蔽天的林木之間已可窺見國小的校舍。等到停定，發現入林已深，天色竟然有點暗了下來，衆人下車，四下裏打量，才省悟不是天變了，而是樹林又密又高，叢葉雖然不很濃茂，但是樹多，一有缺口，便有更多的樹圍攏過來，而最觸目驚心的，是那些灰褐的樹幹全都矗然而直，挺拔而起，幾何美的線條把仰望的目光一路提上天去。

「這些——」一個昂起的頭，曳著秀長的黑髮說，「就是木棉樹嗎？」

「是啊，這些全是木棉，」黃孝棪校長說。

「黃校長以前在屏東做過教育局長，」薛璋說，「這一帶每一所小學他都到過。」

「這些木棉怎麼會這麼高呢？」那顆昂頭垂下來問道。

「哦，這些都是外國品種，相傳是三百年前由荷蘭人帶來的。」不知是誰回答。

「林務局的人告訴我，」心岱說，「這些樹是四十五年前，日據的末期種的，品種來自美洲。植了四千株，現在只剩五百多株了。」

「怪不得跟我們本地的不一樣，」那顆長髮之頭又昂起來了，「不但高，而且發枝的姿態也是往上斜翹，不像本地的那樣平伸。」

「好高啊，」另一顆頭顱仰面說道，「恐怕有十層樓高吧？」

「沒有十層，至少也有七、八層樓高，」我說，「可惜花期已過，否則這幾百棵木棉一起發作，怕不要燒紅半邊天。」

「啊不，」薛璋說，「本地人說，這些吉貝屬的老木棉開的是一叢叢的白花。現在花期雖過，蒴果卻結了滿樹，再過不久，果都裂開，風一來，就會飄起滿天的飛絮。」

「眞的？」好幾顆放平了的頭又仰起臉來，向七層樓上掃描。果然，滿天都掛著土褐色的蘋果，形狀有點像甘薯，簡直成百成千。

「哇！棉花就在裏面嗎？」幾張嘴搶著問樹頂。纍纍的蘋果並無反應，空氣寂靜無風。

「那麼高，否則採一隻下來剝剝看，」誰在埋怨。

「哪，這裏有一隻呢，」有人叫道，一面蹲下去揀了起來。幾顆頭都圍了過去。那人把枯裂的棉莢剝開，裏面露出一團團白中帶點淡黃的棉絮，拿到嘴邊一吹，幾朵胖胖的小雲便懶懶地飄揚起來。一時衆人都低下頭去，向樹底的板根四周，去尋找落地的枯莢。尋獲的人一聲驚喜，就剝開來大吹其棉絮，只見亂雲紛紛，有的浮盪了一陣落到泥地上，有的就沾上頭髮和衣服。遠遠望去，又像是一羣兒童在吹肥皂泡。

大家興奮地朝前走，畫眉鳥啾囀的森林浴裏，來到木棉林的另一端。綠陰疏處，南大武山的翠微隱隱在望。黃校長手裏捧著兩隻蘋果，跑過來送我；君鶴又揀到一隻顏色青嫩的，說是落地不久。有人找了一隻紙袋給我裝起來，很快地，袋裏就有了牛打蔴果了。

我們走到一柱巨幹的面前，細細觀賞樹皮的肌理。只見古拙而粗糙的表皮，瓦灰色之中帶點淡赭，十分耐看，縱走的裂紋之間，長著一簇簇的尖刺，望之堅挺而犀利，有兩公分長。長得密的部分，像是嚴陣待敵，令人想起一枝巨型的狼牙棒。大家忍不住用手指去試那一排排駭目的鋒芒，像是在摸一件年淹代久而猶張牙舞爪的兵器。

「你看這木棉樹，」我說，「剛柔都備於一身，有那麼溫柔的棉絮，也有這麼剛烈的刺。」

「本地的木棉也有刺的，」宓宓說，「不過沒有這麼堅銳，倒像是臉上的皰。」

大家都笑了。我說香港的木棉也是如此。忽然樹皮上有物在蠕動，其色暗褐，近於樹皮。原來是一隻大天牛，正在向上攀爬，觸鬚揮舞著一對長鞭。向陽拾起一根斷枝，逗弄了一會，好不容易才把這難纏的「鋸樹郎」引下樹來。

我和黃校長、君鶴先後合抱住這座千刺的巨樹，讓宓宓照像，一面留神，不讓這狼牙巨棒把我們搠成蜂窩。剛毅而魁梧的生命，用這許多硬角護住胸中同心圓年輪的祕辛，就在我們軟弱的手臂間向上升舉，舉到不見項背的空際。拔之不起，撼之不搖，一刹那間，人與樹似乎合成一體，我的生命似乎也沛然向上而提升，泰然向下而錐扎，有頂天立地之概。這當然是瞬間的幻覺罷了。無根之人憑什麼去攀附深根的巨樹？且不說樹根入地有多深多廣，就看地上的板根，三摺四疊，斜斜地張著，有如怪鳥的巨蹼，雖然比不上銀葉樹蟠踞的板根，也夠壯觀的了。

正想著，腳下踩著一樣東西，厚篤篤的，原來又是一隻蒴果。俯拾起來，沿著裂縫剝開，裏面一包包盡是似絹若棉的纖維，安排得非常緊湊。再把棉絮剝開，裏面就包著一粒豆大的光滑黑子。就著唇邊猛力一吹，飄飄忽忽，一朵懶慵慵的白雲就隨風而去。只可惜吹的是口氣，不是山風。午日寂寂，一點風也沒有。若是起風，這朵雲的飛程就會長久多了，而種子呢當然會播得更遠。我不禁想起了蒲公英。

「眞應該得最佳設計獎，」我讚歎道。

「但是吹到那裏去呢？」宓宓像在問自己。

「那些小樹不就是嗎？」君鶴指著十碼外的幾株青青幼樹，細幹上長滿了叢刺，有如玫瑰的刺莖。最令人驚奇注目的，是有些多節的斷椿上，亭亭而立抽出嫩靑的新幹；有的新幹也斷了，竟長出更嫩更細的莖來，形成三代同根的奇景。先先後後，我們不都是乘風飄海而來的嗎?爲什麼樹皆有根，大地曾不吝乳汁，而人，幾十年了，卻無處容你落根。不知道我們是誰設計的，竟這麼不夠完善。

楚戈走了過來，看見我們正在指點一株三代樹，斷椿高可及腰，斷面有椅面那麼大，正圍在三枝新幹之間，頂上還覆著一簇簇五片的鮮綠新葉。「太好了！」楚戈說著，脫去鞋子，逕自登上椿座，靠在三幹之間，盤腿閉目，打起坐來。幾架攝影機向他對準。楚戈渾然不覺。

「你們看哪，木棉道人！」我說。大家笑了起來。

回程的車上，仍然有人在談論木棉，幾乎每人都帶回一隻蘋果。我在想，木棉的葉子並不茂密，遮陰無功。它的木質鬆軟，只能做包裝箱板。自從合成棉採用之後，它的棉絮已經沒有人要收了。據說乾了的花瓣以前可以做藥，有助消炎。而現在，此樹幾乎沒有什麼實用了，它純然是爲了美而存在，花季雖然不長，比起夜深才燦發的曇花卻耐久多了。當它滿枝的紅葩一齊燒起，火炬一般的接力賽向北傳遞，春天所有的眼睛全都亮了。木棉花季是醉了的視覺。梵谷死了，梵谷的靈魂在向日葵裏熊熊發光。但願木棉能找到中國的梵谷。

——民國七十六年四月十八日

古堡與黑塔

1

歐遊歸來，在衆多的記憶之中幢幢然有一座蒼老的城堡，懸崖一樣斜覆在我的夢上。巴黎的明豔，倫敦的典雅，都不像愛丁堡那樣地祟人難忘。愛丁堡確是有一座堡，危踞在死火山遺下的玄武岩上，好一尊千年不寐的中世紀幽靈，俯臨在那孤城所有的街上。它的故事，北海的風一直說到現在。襯在陰沈沈的天色上，它的輪廓露出城牆粗糲的皮膚，依山而斜，有一種苦澀而悲壯的韻律，莫可奈何地繚繞著全城。

從堡上走下山來，沿著最繁華的王侯街東行，就看到一座高傲的黑塔，唯我獨尊地排開四周不相干的平庸建築，在街的盡頭召你去仰拜。那是一座嶙峋突兀的瘦塔，一簇又一簇鋒芒畢露的小塔尖把主塔簇擁上天，很夠氣派。近前看時，塔樓底下，高高的拱門如龕，供著一尊白瑩瑩的大理石雕像，是一個長髮垂眉的人披衣而坐，腳邊踞著一頭愛犬。原來那是蘇格蘭文豪史考特的紀念塔（Sir Walter Scott Monument）。

史考特死於一八三二年九月二十一日。蘇格蘭人爲了向他們熱愛的文豪致敬，決定在他的出生地愛丁堡建一座堂皇的紀念塔，並在塔下供奉他的石像。建築的經費由大衆合捐，共爲一萬六千一百五十四鎊。建塔者先後二人，爲康普（George Meikle Kemp）與龐納（William Bonnar）。雕像者爲史悌爾(Sir John Steel)。一八四○年八月十五日，也就是史考特六十九歲冥誕的那天，紀念塔舉行奠基典禮，儀式十分隆重，並鳴禮砲七響。六年後的八月十五日，又行落成典禮，各地趕來觀禮的蘇格蘭人，冒著風雨列隊在街頭，看官吏與工程人員遊行而過，並聽市長慷慨致詞頌揚文豪，禮砲隆然九響。

史考特的坐像用名貴的卡拉拉大理石雕成，雕刻家的酬金爲兩千英鎊，這在十九世紀中葉是夠豐厚的了。甚至三十噸重的像座也是義大利運來的大理石，因爲太重了，在來亨起運時竟掉進海裏。紀念塔高達二百英尺又六吋，四方的底基每一面都寬五十五英尺，這樣的體魄難怪要氣凌全城。塔的本身用林利斯高附近頁岩採石場所出的賓尼石建造，據說這樣的石料含有油質，可以耐久。塔外的迴廊分爲三層，攀到頂層要踏二百八十七級石階。塔上高高低低有六十四個龕位，各供雕像一尊，以摹狀史考特小說裏繁多的人物。一個民族對自己作家的崇拜一至於此，眞可謂仁至義盡了。莎翁在倫敦，雨果在巴黎，還沒有這樣的風光。西敏寺裏的壁上也有史考特的一座半身像，卻縮在一隅，半蔽在一個大女像的背後。

2

史考特不能算怎麼偉大的作家，他的作品，無論是早年的敍事詩或是後期的傳奇小說，都未達到最偉大的作品所蘊含的深度。他的詩可以暢讀，卻不耐細品，所以在浪漫派的詩裏終屬二流。他的小說則天地廣闊，人物衆多，文體以氣勢生動見長。以《威夫利》爲首的一套小說，縱則探討蘇格蘭的歷史與傳統，橫則刻劃蘇格蘭社會各種階層的人物，其廣度與筆力論者常說差可追擬莎士比亞的歷史劇。史考特熟悉蘇格蘭的民俗，了解蘇格蘭的人物，善用蘇格蘭的方言與歌謠；這些長處，再加上一枝流利而詼諧的文筆，使他的這一套小說當日風靡了英國，爲浪漫小說開拓出一個新世界，而且流行於歐洲，啓迪了大仲馬和雨果。我們甚至可以說，這類小說是「歷史鄉土」；史考特眞正爲自己的人民掘土尋根，當然蘇格蘭人要崇奉他爲民族的文豪。

史考特後期的小說將時空移到他不太深知的範圍，例如法國與中東，成就便不如寫他本土的《威夫利》系列。不過他博聞強記，加以上下求索，窮尋苦蒐，一生的作品十分豐盛。除了《拿破崙傳》之外，他還編了朱艾敦與史威夫特的作品集，爲十八世紀的小說家作序，並在《愛丁堡評論》及《評論季刊》上發表文章，足見這位小說大家也有其學者的一面。

在十九世紀，史考特名滿全歐，小說的聲譽不下於拜倫的詩。到二十世紀，文風大變，他的國際聲譽也就盛極而衰。西印度大學的英文教授克勒特威爾(Patrick Cruttwell)說得好：史考特的心靈「幽默而世故，外向而清明。」熟讀亨利・詹姆斯或喬伊斯的現代讀者，大概不會迷上史考特。可是從六十年代以來，也有不少嚴謹的批評家重新肯定他寫蘇格蘭風土的那些小說。戴維在他的《史考特之全盛時代》(Donald Davie: Heyday of Sir Walter Scott) 裏，便推崇史考特爲眞正的浪漫作家，並非徒襲十八世紀新古典的遺風。

我一面攀登高峻的紀念塔，一面記起在大學時代念過的《護身符》(Talisman)。在我少年的印象裏，史考特是一把金鑰匙，只要一旋，就可以開啓歷史的鐵門，裏面不是杳無人蹤的青苔滿地，而是嗚咽叱咤的動亂時代。他的小說可以說是歷史的戲劇化：歷史像是被人點了穴道，僵在那裏，他一伸手，就都解活了過來。曾幾何時，他自已也已加入了歷史。我從倫敦一路開車北上，探浩斯曼的勒德洛古城，華玆華斯的煙雨湖區，懷古之情已經愈陷愈深。而一進了蘇格蘭的青青牧野，車行一溪獨流的荒谷之間，兩側嫩綠的草坡上綴著點點乳白的羊羣，一直點灑到天邊。這裏的隱祕與安靜，和外面世界的劫機新聞不能聯想。於是彭斯的歌韻共溪聲起伏，而路側的亂石背後，會隨時閃出史考特的英雄或者乞丐。一到了愛丁堡，史考特的故鄉，那疑眞疑幻的氣氛就更濃了。城中那一座傲立不屈的古堡，史考特生前曾徘徊而憑弔過的，現在，輪到我來憑弔，而史考特自己，立像建塔，也成爲他人憑弔的古蹟了。

在一條扁石鋪地的迂迴古巷裏，我找到一座似堡非堡的老屋，厚實的牆壁用青白間雜的糙石砌成，古樸重拙之中有親切之感。牆上釘著一方門牌，正是「斯黛兒夫人博物館」（Lady Stair's House）。館中陳列的畫像、雕像、手稿、遺物等等，分屬蘇格蘭的三大作家：彭斯、史考特、史悌文森。樓下的展覽廳居然有一隻殘舊脫漆的小木馬，據說是史考特兒時所騎。隔著玻璃櫃子，我看見他生前常用的手杖，杖頭有節有叉，上面覆蓋著深藍色的便帽，帽頂有一簇亮滑的絲穗。名人的遺物是歷史之門無意間漏開的一條縫，最惹人遐想。一根微彎的手杖篤篤點地而來，刹那間你看見那人手起腳落，牽著愛犬，散步而去的神態。正冥想間，忽然覺得眼角閃來一痕銀白的光。走近了端詳，原來鄰櫃蜷著一綹白髮，彎彎地，約有五、六吋長，那偃伏的姿態有若飽經滄桑，不勝疲倦。旁邊的卡片說明，這是史考特重病出國的前夕，某某夫人所剪存。一年之後，他便死了。只留下那一彎銀髮，見證當日在它的覆蓋之下，忙碌的頭顱啊曾經閃動過多少故事，多少江湖風霜，多少歷史性的偉大場面。

3

史考特的小說令人神往，我卻覺得他的生平更令我感動。他那高貴品格所表現的大仁大勇，不遜於出生入死的英雄。在五十五歲那年，他和朋友合股的印刷廠和出版社因週轉不靈而倒閉，頓時陷他於十一萬七千鎊的債務。那時英鎊值錢，他的重債相當於當日的五十多萬美金。史考特原可宣佈破產或接受朋友的援助，卻毅然一肩承擔下來，決意清償自己全部的債務。他說：「我不願拖累朋友，管他是窮是闊；要償債，就用自己的右手。」

他立刻賣掉愛丁堡城裏的房子，搬回郊外三十五哩的別墅阿波慈福（Abbotsford）；本來他連阿波慈福也要拿來抵債，可是債主們不忍心接受。史考特夫人原已有病，還下鄉後幾星期就死了。在雙重的打擊下，他奮力寫書還債，完成了九卷的巨著《拿破崙傳》。兩年後他竟償還了約值二十萬美金的債，其中一半卽爲《拿破崙傳》的收入。事變之初，他的身體本已不適，這時更漸漸不支，卻依然努力不懈。事變後四年，正值他五十九歲，他忽然中風。翌年又發了一次。他勉力掙扎，以口述的方式繼續寫作。他的日記上這麼記道：「這打擊只怕已令人痲木，因爲我渾似不覺。說來也奇怪，我竟然不怎麼張皇失措，好像有法可施，但是天曉得我是在暗夜中航行，而船已漏水。」

英王威廉四世聽到這件事，更聽說地中海的陽光有益病人，就派了一艘叫「巴倫號」(HMS Barham)的快艦，專程把史考特送去馬爾他島，後來又駛去拿頗利和羅馬。這樣的照顧雖然比杜甫的「老病有孤舟」要周到得多，史考特的病情卻無起色。他的心仍念著蘇格蘭。這時傳來歌德的死訊，他歎道：「唉，至少他死在家裏！」在回程的海上，他因腦溢血而癱瘓。回到阿波慈福後，重見蘇格蘭的青山流水，聽到自己家裏的狗叫，他迸出了去國後的第一聲歡呼。幾星期後，他死在自己甘心的阿波慈福，時爲一八三二年九月二十一日，他的遺體葬在朱艾波羅寺的族人公墓，和亡妻並臥在一起。

不願損害他人，是爲大仁。不惜犧牲自身，是爲大勇。這樣的道德勇氣何遜於史考特小說中的英雄豪俠。今日的富商巨賈，一旦事敗，莫不挾款遠飛，那裏管小民的死活。這種人在史考特面前，應當愧死。史考特不愧爲文苑之豪俠。這一點，加上他筆下的陽剛之氣，江湖之風，是召引我從倫敦冒著風雨，北征愛丁堡的一大原因。而現在，我終於攀他的紀念塔而上，懷著遠客進香的心情。

4

八十年前，林琴南譯罷《撒克遜劫後英雄略》，在序中推崇作者爲「西國文章大老」，又稱他文章之雋妙「可儕吾國之史遷」。林老夫子不懂英文，「而年已五十有四，不能抱書從學生之後，請業於西師之門……雖欲私淑，亦莫得所從。」但是他把史考特比擬司馬遷，卻有見地。太史公的至文在他的列傳，寫的雖然也是歷史，但其中人物嬉笑怒罵，事事如在眼前，也眞是歷史的戲劇化。況且在人格上，兩人的巨著都是在常人難忍的心靈重壓之下，努力完成。後面這一點林琴南大概不很知道，不過此刻，如果他能夠偕我同登這「西國史遷」之塔，一定會非常興奮。順著扇形的迴旋石梯盤蜿攀升，一手必須拉住左面壁環上串掛如蟒的粗索，每一步都像是踏在扇骨上，每一步都高了一級，也轉了廿幾弧度的方向。哥德式尖塔的幽深迴腸裏，登塔者不小心一聲咳嗽，就激起滿塔誇張的共鳴。如果一位胖客迴旋地自天而降，狹路相逢，這一邊就得緊貼著牆做壁虎，那一邊只好繞著無柱之柱的扇心，踮著扇骨的銳角，步步爲營，半跌半溜地落下梯去。愛丁堡，你怎麼愈來愈矮了呢？每轉一個彎，窄長的窗外就換一框街景。史考特的小說人物，獅心理查、沙拉丁、艾文霍、大紅俠、查理王子、芭蘿絲、麗碧佳、奇女子基妮・定思、最後的江湖歌手……六十四個雕像，在各自的長石龕裏，走馬燈一般地閃現又逝隱。梯洞愈尖愈窄，迴旋梯變成了天梯，每一步，似乎都半踩在虛空，若在塔外，忽然，已經無可再登。下面的人把你擠出了梯口，你已經危靠在最高層迴廊的欄杆上，背貼著塔尖，面對著愛丁堡陰陰的天色。

到了這樣的高度，愛丁堡一排排一列列的街屋，柔灰而帶淺褐的石砌建築，平均六、七層樓的那種，就都馴馴地蜷伏在腳底了。跟上來的，只有在半空中此呼彼應的幾個塔尖，瘦影纖纖，在時間之外挺著哥德式的寂寞。雖然是七月底了，海灣的勁風迎風撲來，厚實的毛衣都灌滿了寒氣，飄飄然像一件單衫。迎風的人微微晃動，幻覺是塔在晃動，幻覺自己是站在艦橋上，頂著海風。

東望高屯山，輪廓黑硬觸目的是形若單筒望遠鏡的納爾遜紀念塔，下面石柱成排，是爲拿破崙之戰告終而建的神殿。北望是行人接踵車潮洶湧的王侯街，威夫利旅館就在對街，以史考特的名著爲名。斜對著它的是威夫利橋，橋下鐵軌縱橫，是威夫利車站。愛丁堡的人不忘史考特，處處都是龐大的物證。

西望就是那中世紀的古城堡了，一大堆灰撲撲黯沈沈的石牆上，頑固而孤傲地聳峙著堡屋與城樓，四方的雉堞狀如古王冠，有一面旗在上面飄動，成爲風景的焦點。建築的外貌，從長方形到三角形到四邊形，迎光的灰褐，背光的深黛，正正反反的幾何美引動了多少遠目。我不禁想起，那裏面鎮著的正是蘇格蘭的國魂和武魄：皇冠室裏供著的皇冠，紅綾金框，上面頂著十字架，周圍嵌著紅寶石，下面鑲著白絨邊；皇冠旁邊放著教皇賜贈的權杖和劍。三物合稱蘇格蘭王權的標幟（the

Scottish Regalia），蘇格蘭併入英格蘭後均告失蹤，百多年後，官方派遣史考特領隊搜尋，終於在一只鎖住的箱子裏找到。史考特掀開箱蓋的一剎那，他的女兒在場，竟因興奮而暈倒。苦命的瑪麗女王曾住在堡上，正殿的劍戟和甲冑，排列得寒光森然。國殤堂上，兩次大戰陣亡的英魂都刻下了名字，而武庫裏，更有從古到今的戎裝和兵器，號鼓和旌旗，包括中世紀攻城的巨炮，深入堡底的古井……當我想起這一切，想起多麼陽剛的武魄，陰魂不散正繞著那堡城，撲面的寒風就覺得有些悲壯。

堡在山上，塔在腳底，這兩樣才是愛丁堡的主人，那些興亡匆匆的現代建築，建了又拆，來了又去，只能算過客罷了。如果此刻從堡上傳來一陣號聲，忽地把史考特驚醒，這主客之比他一定含笑贊成。然而古堡寂寂，號已無聲，只留下黃昏和我在黑塔尖上，猶自抵擋七月的風寒。

——民國七十四年八月於沙田

風吹西班牙

1

若問我西班牙給我的第一印象，立刻的回答是：乾。

無論從法國坐火車南下，或是像我此刻從塞維亞開車東行，那風景總是乾得能敲出聲來，不然，劃一根火柴也可以燒亮。其實，我右邊的風景正被幾條火舌壯烈地舐食，而且揚起一綹綹的青煙。正是七月初的近午時分，氣溫不斷在升高，整個安達露西亞都成了太陽的俘虜，一草一木都逃不過那猛瞳的監視。不勝酷熱，田裏枯黃的草堆紛紛在自焚，劈拍有聲。我們的塔爾波小車就在濃煙裏衝過，滿車都是焦味。在西班牙開車，很少見到河溪，公路邊上也難得有樹蔭可憩。幾十里的晴空乾瞠乾瞪，變不出一片雲來，風幾乎也是藍的。偏偏租來的塔爾波，像西歐所有的租車一樣，不裝冷氣，我們只好大開風扇和通風口，在直灌進來的暖流裏逆向而泳。帶上車來的一大瓶冰橙汁，早已烝得發熱了。

西班牙之乾，跟喝水還有關係。水龍頭的水是喝不得的，未去之前早有朋友警告過我們，要是喝了，肚子就會一直咕嚕發酵，腹誹不已。西班牙的餐館不像美國那樣，一坐下來就給你一杯透澈的冰水。你必須另外花錢買礦泉水，否則就得喝啤酒或紅酒。飲酒也許能解憂，卻解不了渴。所以在西班牙開車旅行，人人手裏一大瓶礦泉水。不過買時要說清楚，是 con gas 還是 sin gas，否則一股不平之氣，挾著千泡百沫衝頂而上，也不好受。

西班牙不但乾，而且荒。

這國家人口不過臺灣的兩倍，面積卻十四倍於臺灣。她和葡萄牙共有伊比利亞半島，卻佔了半島的百分之八十五。西班牙是一塊巨大而荒涼的高原，卻有點向南傾斜，好像是背對著法國而臉朝著非洲。這比喻不但是指地理，也指心理。西班牙屬於歐洲卻近於北非。三千年前，腓尼基和迦太基的船隊就西來了。西班牙人叫自己的土地做「愛斯巴尼亞」（España），古稱「希斯巴尼亞」（Hispania），據說源出腓尼基文，意爲「偏僻」。

西班牙之荒，火車上可以眺見二三，若要領略其餘，最好是自己開車。典型的西班牙野景，上面總是透藍的天，下面總是炫黃的地，那鮮明的對照，天造地設，是一切攝影家的夢境。中間是一條寂寞的界限，天也下不來，地也上不去，只供迷幻的目光徘徊。現代人叫它做地平線，從前的人倒過來，叫它做天涯。下面那一片黃色，有時是金黃的熟麥田，有時是一畝接一畝的向日葵花，但往往是滿坡的枯草一直連綿到天邊，不然就是伊比利亞半島的膚色，那無窮無盡無可奈何的黃沙。所以毛驢的眼睛總含著憂鬱。沙丘上有時堆著亂石，石間的矮松毛虬虬地互掩成林，窮徑的強盜——叫 bandido 的——似乎就等在那後面。

法國風光嫵媚，盈目是一片嬌綠嫩青。一進西班牙就變了色，山石灰麻麻的，草色則一片枯黃，荒涼得竟有一種壓力。綠色還是有的，只是孤伶伶的，點綴一下而已。樹大半在緩緩起伏的坡上，種得整整齊齊，看得出成排成列。高高瘦瘦，葉葉在風裏翻閃著的，是白楊。矮胖可愛的，是橄欖樹，所產的油滋潤西班牙人乾澀的喉嚨，連生菜也用它來澆拌。一行行用架子支撐著的，就是葡萄了，所釀的酒溫暖西班牙人寂寞的心腸。其他的樹也是有的，但不很茂。往往，在寂寂的地平線上，什麼也沒有，只有一棵孤樹撐著天空，那姿態，也許已經撐了幾世紀了。綠色的祝福不多，紅色的驚喜更少。偶爾，路邊會閃出一片紅豔豔的罌粟花，像一隊燃燒的赤蝶迎面撲打過來。山坡上偶爾有幾隻黑白相間的花牛和綿羊，在從容咀嚼草野的空曠。牠們不知道佛朗哥是誰，更無論八百年回教的興衰。我從來沒見過附近有牧童，農舍也極少見到，也許正是半下午，全西班牙都入了朦朧的「歇時樣」(siesta)吧。比較偏僻的野外，往往十幾里路不見人煙，甚至不見一棵樹。等你已經放棄了，小丘頂上出人意外地卻會踞著、蹲著，甚至匍著一間灰頂白壁的獨家平房，像是文明的最後一哨。若是那獨屋正在坡脊上，背後襯托著整個晚空，就更令人感受到孤苦的壓力。獨屋如此，幾百戶人家加起來的孤鎮更是如此。你以為孤單加孤單會成為熱鬧，其實是加倍地孤單。從格拉納達南下地中海岸的途中，我們的塔爾波橫越荒蕪而崎嶇的內華達山脈（Sierra Nevada），左盤右旋地攀過一稜稜的山脊，空氣乾燥無風，不時在一叢雜毛松下停車小憩。樹影下，會看見一條灰白的小徑，在沙石之間蜿蜒出沒，盤入下面的谷地裏去。低沈的灰調子上，感覺到有什麼東西在移動。定睛搜尋，才瞥見一頂 sombrero 的寬邊大帽遮住一個村民騎驢的半面背影。順著他去的方向，遠眺的旅人終於發現谷底的村莊，掩映在矮樹後面，在野徑的盡頭，在一切的地圖之外，像一首用方言來唱的民謠，忘掉的比唱出來的更多。而無論多麼卑微的荒村野鎮，總有一座教堂把尖塔推向空中，低矮的村屋就互相依偎著，圍在它的四周。那許多孤伶伶的瘦塔就這麼守著西班牙的天邊，指著所有祈願的方向。

2

最難忘是莫特利爾鎮（Motril）。毫無藉口地，那幻象忽然赫現在天邊，雖然遠在幾里路外，一整片疊牌式的低頂平屋，在金陽碧空的透明海氣裏，白晃晃的皎潔牆壁，相互分割成正正斜斜的千百面幾何圖形，一下子已經奔湊到你的眼睫之間，那樣祟人的豔白，怎麼可能！拭目再看，它明明在那邊，不是幻覺，是奇觀。樹少而矮，所以白屋擁成一堆，白成一片。屋頂大半平坦，斜的一些也斜得穩緩，加以黑灰的瓦色遠多於紅色，更加壓不下那一大片放肆的驕白。歌德說：「色彩是光的修行與受難。」那樣童貞的蛋殼白修的該是患了潔癖的心吧，蒙不得一點汙塵。過了那一片白夢，驚詫未定，忽然一個轉彎，一百八十度拉開藍洶洶欲溢的世界，地中海到了。

2

西班牙之荒，一個半世紀之前已經有另一位外國作家慨歎過了。那是一八二九年，在西班牙任外交官的美國名作家伊爾文（Washington Irving），爲了探訪安達露西亞浪漫的歷史，憑弔八百年伊斯蘭文化的餘風，特地和一位俄國的外交官從塞維亞並轡東行，一路遨遊去格拉納達。雖然是在春天，途中卻聽不見鳥聲。事後伊爾文在「紅堡記」（Tales of Alhambra）裏告訴我們說：

「許多人總愛把西班牙想像成一個溫柔的南國，好像明豔的意大利那樣妝扮著百般富麗的媚態。恰恰相反，除了沿海幾省之外，西班牙大致上是一個荒涼而憂鬱的國家，崎嶇的山脈和漫漫的平野，不見樹影，說不出有多寂寞冷靜，那種蠻荒而僻遠的味道，有幾分像非洲。由於缺少叢樹和圍籬，自然也就沒有鳴禽，更增寂寞冷靜之感。常見的是兀鷹和老鷹，不是繞著山崖迴翔，便是在平野上飛過，還有的就是性怯的野雁，成羣闊步於荒地；可是使其他國家全境生意蓬勃的各種小鳥，在西班牙只有少數的省份才見得到，而且總是在人家四周的果園和花園裏面。

「在內陸的省份，旅客偶然也會越過大片的田地，上面種植的穀物一望無邊，有時還搖曳著青翠，但往往是光禿而枯焦，可是四顧卻找不到種田的人。最後，旅人才發現峻山或危崖上有一個小村，雉堞殘敗，戍樓半傾，正是古代防禦內戰或抵抗摩爾人侵略的堡壘。直到今日，由於強盜到處打劫，西班牙大半地區的農民仍然保持了羣居互衞的風俗。」

西班牙人煙既少，地又荒蕪，所以伊爾文在漫漫的征途之中，可以眺見孤獨的牧人在驅趕走散了的牛羣，或是一長列的騾子緩緩踱過荒沙，那景象簡直有幾分像阿拉伯。其時境內盜賊如麻，一般人出門都得攜帶兵器，不是毛瑟槍、喇叭槍，便是短劍。旅行的方式也有點像阿拉伯的駝商隊，不同的是在西班牙，從比利牛斯山一直到陽光海岸(Costa del Sol)，縱橫南北，維持交通與運輸的，是騾夫組成的隊伍。這些騾夫(arrieros)生活清苦而律己甚嚴，粗布背囊裏帶著橄欖一類的乾糧，鞍邊的皮袋子裏裝著水或酒，就憑這些要越過荒山與燥野。他們例皆身材矮小，但是手腳伶俐，肌腱結實而有力，臉色被太陽曬成焦黑，眼神則堅毅而鎮定。這樣的騾隊人馬衆多，小股的流匪不敢來犯，而全副武裝馳著安達露西亞駿馬的獨行盜呢，也只敢在四周逡巡，像海盜跟著商船大隊那樣。接下來的一段十分有趣，我必須再引譯伊爾文的原文：

「西班牙的騾夫有唱不完的歌謠可以排遣走不盡的旅途。那調子粗俗而單純，變化很少。騾夫斜坐在鞍上，唱得聲音高亢，腔調拖得又慢又長，騾子呢則似乎十分認眞地在聽賞，而且用步調來配合拍子。這種雙韵的歌謠不外是訴說摩爾人的古老故事，或是什麼聖徒的傳說，或是什麼情歌，而更流行的是吟詠大膽的私梟或無畏的強盜，因爲這兩種人在西班牙的匹夫匹婦之間都是動人遐想的英雄。騾夫之歌往往也是卽興之作，說的是當地的風光或是途中發生的事情。這種又會歌唱又會乘興編造的本領，在西班牙並不稀罕，據說是摩爾人所傳。聽著這些歌謠，而四周荒野寂寥的景色正是歌詞所唱，偶爾還有騾鈴叮噹來伴奏，眞有豪放的快感。

「在山道上遇見一長串騾隊， 那景象再生動不過了。最先你會聽到帶隊騾子的鈴聲用單純的調子打破高處的岑寂，不然就是騾夫的聲音在呵責遲緩或脫隊的牲口，再不然就是那騾夫正放喉高唱一曲古調。最後你才看到有騾隊沿著峭壁下的隘道遲緩地迂迴前進，有時候走下險峻的懸崖，人與獸的輪廓分明地反襯在天際，有時候從你腳下那深邃而乾旱的谷底辛苦地攀爬上來。行到近前時，你就看到他們捲頭的毛紗，總帶，和鞍褥，裝飾得十分鮮豔；經過你身邊時，馱包後面的喇叭槍掛在最順手的地方，正暗示道路的不寧。」

3

伊爾文所寫的風土民情雖然已是一百五十年前的西班牙，但證之以我的安達露西亞之旅，許多地方並未改變。今天的西班牙仍然是沙多樹少，乾旱而荒涼，而葡萄園、橄欖林、玉米田和葵花田裏仍然是渺無人影。盜賊呢應該是減少了，也許在荒郊翳徑的匪徒大半轉移陣地，到鬧市裏來翦人荷包了，至少我在巴塞隆納的火車站上就遇到了一個。至於那些土紅色的古堡，除了春天來時用滿地的野花來逗弄它們之外，都已經被匆忙的公路忘記，儘管雉堞儼然，戍塔巍然，除了苦守住中世紀的天空之外，也沒有別的事好做了。

最大的不同，是那些騾隊不見了。在山地裏，這忍辱負重眼色溫柔而哀沈的忠厚牲口，偶然還會見到。在街上，還有賣藝人用牠來拖咿咿唔唔的手搖風琴車。可是漫漫的長途早已伸入現代，只供各式的汽車疾馳來去了。不過，就在六十年前，夭亡的詩人洛爾卡（Federico García Lorca, 1898-1936）吟詠安達露西亞行旅的許多歌謠裏，騾馬的形象仍頗生動。其中給我印象最深的，是下面這首〈騎士之歌〉：

科爾多巴。
孤懸在天涯。

漆黑的小馬，圓大的月亮，
橄欖滿袋在鞍邊懸掛。
這條路我雖然早認識，
今生已到不了科爾多巴。

穿過原野，穿過烈風，
赤紅的月亮，漆黑的馬。
死亡正在俯視著我，
在戍樓上，在科爾多巴。

唉，何其漫長的路途！
唉，何其英勇的小馬！
唉，死亡已經在等待我，
等我趕路去科爾多巴！

科爾多巴。

孤懸在天涯。

這首詩的節奏和意象單純而有力，特具不祥的神祕感。韻腳是一致開口的母音，色調又是紅與黑，最能打動人原始的感情，而且聯想到以此二色爲基調的佛拉曼哥舞與鬥牛。二十年前初讀史班德此詩的英譯，即已十分歡喜，曾據英譯轉譯爲中文。三年前去委內瑞拉，有感於希斯巴尼亞文化的召引，認眞地讀起西班牙文來。我耽於這種羅曼斯文，完全出於感性的愛好。首先，是由於西班牙文富於母音，所以讀來圓融瀏亮，盪氣迴腸，像隨時要吟唱一樣。要充分體會洛爾卡的感性，怎能不直接饕餮原文呢？其次，去過了非律賓與委內瑞拉，怎能不逕遊伊比利亞本身呢？爲了去西班牙，事先足足讀了一年半的西班牙文。到了格拉納達，雖然不能就和阿米哥們暢所欲言，但觸目盈耳，已經不全是沒有意義的聲音與形象了。前面這首〈騎士之歌〉，當年僅由英譯轉成中文，今日對照原文再讀，發現略有出入，乃據原文重加中譯如上。論音韻，中譯更接近原文，因爲洛爾卡通篇所押的悠揚A調，中文全保留了，英文卻無能爲力。

未去西班牙之前，一提到那塊土地我就會想到三個城市：托雷多，因爲艾爾格雷科的畫；格拉納達，因爲法耶的鋼琴曲；科爾多巴，因爲洛爾卡的詩。我到西班牙，是從法國乘火車入境，在馬德里住了三天，受不了安達露西亞的誘惑，就再乘火車去格拉納達。第二天當然是去遊「紅堡」，晚上則登聖山（Sacromonte），探穴居，去看吉普賽人的佛拉曼哥舞。第三天更迫不及待，租了一輛塔爾波上路，先南下摩特利爾，然後沿著地中海西駛，過畢卡索的故鄉馬拉加，再北上經安代蓋拉，抵名城塞維亞。

而現在是第四天的半上午，我們正在塞維亞東去科爾多巴的途中。

藍空無雲，黃地無樹。好不容易見到一叢綠蔭，都遠遠地躲在地平線上，不肯跟來。開了七、八十里路，只越過一條小溪。無論怎麼轉彎，都避不開那無所不在的火球，向我們毫不設防的擋風玻璃霍霍滾來。沒有冷氣，只有開窗迎風，迎來拍面的長途炎風，繞人頸項如一條茸茸的圍巾。我們選錯了偏南經過艾西哈（Eceja）的公路，要是靠北走，就可以沿著瓜達幾維爾河，多少沾上點水氣了。

就是沿著這條漫漫的旱路跋涉去科爾多巴的嗎？六十年前是洛爾卡，一百多年前是伊爾文，一千年前是騎著白駿揚著紅纓的阿拉伯武士，這裏曾經是回教與耶教決勝的戰場，飄滿月牙旌與十字旗。更早的歲月，聽得見西哥德人遍地踐來的蹄聲。一切都消逝了，摩爾人的古驛道上，只留下我們這一輛小紅車冒著七月的驕陽東馳，像在追逐一個神祕的背影。愈來愈接近科爾多巴了，這蠱惑的名字變成一個三音節的符咒祟著我的嘴唇。我一遍又一遍低誦著〈騎士之歌〉：

穿過原野，穿過烈風，
赤紅的月亮，漆黑的馬。
死亡正在俯視著我，
在戍樓上，在科爾多巴。

洛爾卡的紅與黑，我怎麼闖進來了呢？公路在矮灌木糾結的丘陵間左右縈迴，上下起伏，像無頭無尾的線索，前面在放線，後面在收索。風果然很猛烈，一路從半開的車窗外斷喊著倒灌進來。死亡眞的在城樓上俯視著我麼？西班牙人在公路上開車原就躐等躁進，超起車來總是令你血沸心緊，從針鋒相對到狹路相逢到錯身而過，總令人凜然，想到鬥牛場的紅凶黑煞。萬一閃不過呢？今生眞的到不了科爾多巴？尤其洛爾卡不但是橫死，而且是夭亡，何況我胯下這輛車眞有些不祥，早已出過點事故了。

我的安達露西亞之旅始於格拉納達，而以塞維亞爲東迴的中途站，最後仍將回到格拉納達。昨晚駛入塞維亞，已經是八時過幾分了。滿城的暮色裏，街燈與車燈紛紛亮起，在凱旋廣場的紅燈前面煞車停下，淡玫瑰色的夕照仍依戀在老城寨上，正悠然懷古，說五百年前，當羊皮紙圖上還沒有紐約，伊莎貝拉女皇就是在此地接見志在遠洋的哥倫布，忽然，車熄火了。轉鑰發動了幾次，勉強著火，綠燈早已亮起，滿街的車紛紛超我而去。這情形重複了三次，令人又驚又怒，最後才死灰復燃，提心吊膽地，總算把這匹隨時會仆地不起的駑馬驅策到蒙特卡羅旅店的門口，停在斑剝的紅磚巷裏。這事故，成爲我懷古之旅正妙想聯翩自鳴得意時忽地一記反高潮。晚飯後，找遍附近的街巷不見加油站的影子，更不提修車行了。那家旅店沒有冷氣，沒有冰箱，只有一架舊電扇斜吊在壁上，自言自語不住地搖頭。

「明天怎麼辦？」

朦朧之間不斷地反問自己，而單調的軋軋聲裏只有那風扇在搖頭。整夜我躺在疑慮的崖邊，不能入眠。第二天早餐後，我存說不如去找當地的赫爾茨租車行。電話裏那赫爾茨的職員用英語說：「你開過來看看。」我們開了過去，向他訴苦：「萬一在荒野忽然熄火，怎麼辦？」他說可以把車留給他們修。我說這一修不知要躭擱多久，我們等不及了。正煩惱之際，有顧客前來還車，他說：「換一輛給你們如何？」我們喜出望外，只怕他會變卦，立刻換了另一輛車上路。

定下神來，才發現這架車也是塔爾波，雖然紅色換了白色，其他的裝備，甚至脾氣，依然是表兄表弟。在出城的最後一盞紅燈前，啊哈，同樣熄了一次火。居然勸動他重新起步，而且一口氣喘奔了兩個多鐘頭，但是危機感始終壓在心頭。睡眠不足的飄忽狀態中，昨夜的風扇又不祥地在搖頭。不久風扇搖成了風車，巨影幢幢而不安，而胯下這輛靠不住的車子也喘啊哮啊，變成了故事裏那匹駑馬，毛長骨瘦的洛西南代（Rocinante）。念咒一般我再度吟哦起那祟人的句子：

死亡正在俯視著我，
在戍樓上，在科爾多巴。

於是西班牙的乾燥與荒涼隨炎風翻翻撲撲一起都捲來，這寂寞的半島啊，去了腓尼基又來了羅馬，去了西哥德又來了北非的回教徒，從拿破崙之戰到三十年代的內戰，多少旗幟曾迎風飛舞，號令這紛擾的高原。當一切的旌旗都飄去，就只剩下了風，就是車窗外這永恆的風，吹過野地上的枯草與乾蓬，吹過鋸齒成排的山脈與冷對天地的雪峯，吹過佛拉曼哥的頓腳踏踏與響板喀喇喇，擊掌緊張的劈劈拍拍，弦聲激動的吉他。

——民國七十五年八月七日

雪濃莎

1

一過了奧爾良，左側的林木疏處，露娃河的清流便蜿蜿在望了。樹色與水光映人眉眼，看不盡法國中北部平原上的明媚風景。車廂裏的帷幔和靠背椅，一律是鮮麗的草莓紅，跟窗外的綠野對照得十分熱鬧。看得出，外面的氣候漸漸暖了。我說「外面的氣候」，因爲窗內有冷氣。但是空調十分適中，不到砭人肌骨的程度，而且根本不放音樂。就憑這一點，法國的高速火車比西歐各國都安靜而高雅。正是七月下旬的半下午，火車向西南平穩而迅捷地駛行，正對著漸斜的太陽。

我們是從盧昂穿越巴黎而南下，目的地呢，到現在還沒有決定。說來似乎好笑，因爲我們太貪心了，想在兩天之內訪遍露娃河中游的古堡。從奧爾良到昂舍（Angers），兩百多公里的路程，散布在露娃河谷地（Val de Loire）的大小城堡，多達二十幾座，簡直像一部攤開來的法國文藝復興史，要一一看盡，至少也得半個月。我向攤在膝頭的精美風景畫册，念咒一般喃喃念著那些鼻音豐濃的名字：Chinon, Chaumont, Chambord, Chenonceau……委實拿不定主意，究竟要去那裏。要是聽畫册的話，那就任何古堡都不可放棄。

「布魯瓦到了！」車掌隆重地報告站名。我們一躍而起，拎著行囊跳下了火車。

2

我和宓宓挑中了布魯瓦（Blois），因爲這裏的城堡不但歷史悠久，地位重要，而且正在鐵路所經，和附近的幾個城堡距離也頗適中。早在中世紀時，布魯瓦的伯爵就曾擁有沙特、都爾、香檳、布麗等地，可謂雄據一方。十六世紀末，吉斯公爵謀反事洩，被法王亨利三世召入堡中，伏兵刺殺。領導七星派的詩人龍沙（Pierre de Ronsard）在這座堡中首次驚豔於柯珊黛。而梅迪綺的凱瑟琳（Catherine de Medici），貴爲三位法王的母后，也死於此。

宓宓眼尖，一出火車站就瞥見租車行的廣告。我們決定租車。車行的小姐拿出價目表來，我們選了一輛一千六百西西的塔爾波，每天租金一九八法郎，外加每公里二法郎。這價錢當然貴些，但是自己開車，總是方便多了。循著布魯瓦的街圖，我們很快就駛到了城堡。站在沙石鋪地的中庭，我們四顧盤盤囷囷的巍峨建築，只覺其鉤心鬥角，目不暇給，而茫然若失。這繁複而交錯的建築，東邊有牆有堡，是十三世紀古城的遺迹。北邊是文藝復興時代改建的王宮，精美而有意大利風。西邊和南邊依次是十六世紀和十七世紀加建的廂房。要把其間的關係一一辨明，恐怕不可能。露娃流域的所謂古堡，早期爲堡，後期爲宮，往往歷時好幾世紀才陸續建成，風格和用途也歷經變化，眞是一言難盡其狀。我們付了入場費，上樓匆匆巡禮一遍。最吸引我的，是詩人龍沙的一幅畫像。據說龍沙出身高貴而又儀容不凡，卻因十六歲時一場重病耳朵重聽，只好放棄外交生涯，潛心鑽研古典文學。畫中人果然神采出衆，令人四百年後爲之低迴。

但是夏日已斜，古堡尚多，宓宓和我也無心久留，五點多鐘便駛出布魯瓦，沿著露娃河岸西行。正是仲夏的季節，早上在北部的盧昂，塞納河邊還寒風欺人，要穿厚厚的毛衣。在巴黎，夏夜也冷得要蓋棉被，何況盧昂更在巴黎以北。但是一到露娃河流域，風勢忽然小了，空氣裏有一種香軟柔馴的觸覺，豔陽落到肌膚上，溫暖而不燠燥，令人半睏半醒，簡直小陽春的味道。四望是蒼翠盈目的坦坦平野，要不是露娃河水蜿蜿的淨藍在中間流過，這無邊的綠原眞成了一張豪闊的巨氈，誘人五體投地，把自己交給渾然而酣的午寐了。

我搖下車窗，迎來輕輕拂面的河風。河水靜靜地向西流，一點漪淪也看不出，似乎並不急於趕赴大西洋的盛會。我們順流而駛，從容觀賞河景，和水淺處一片片白淨的沙洲。忽然一大簇高下相擁的堡屋巍然逼現在對岸，米黃的高牆上拔起鐵灰的圓錐塔頂，像戴著一頂頂武士的高盔，陽光映在上面，令人想像鎧甲上凜凜的寒光。更近時，才發現城堡是雄踞在一片坡上，屋頂峭然而高，四角拱衞著圓倉一般的堡壘，盔形頂下半掩著一排排的箭孔，像猶在眈眈監視的眼睛。

「是安布瓦斯嗎？」我減低車速，興奮地問道。

「我看哦，」宓宓垂首向地圖。「恐怕還不是，嗯，是蕭芒。」

「Chaumont？眞的呀？他們說這是拿破崙流放斯泰爾夫人的地方。」

「圖上說，黛安娜被逐出雪濃莎後，也給安置在這座堡裏。」

「這裏面的女人都不快樂，」我望著那一疊森森的鐵灰頂說。

「要不要過河去看看呢？」宓宓問。

「趁天色還早，先去安布瓦斯吧。這座堡，回程的時候再看。」

二十分鐘後，另一簇城堡峨然在對岸升起，那一大片尖塔、拱門、圓堡、方樓、十字架，和神祕的窄窗，凌駕在前景的三層低屋之上，那古今並列的時差之感，在晴豔豔的碧空下面，更顯得突兀離奇。催眠似地，我們仰瞻著這幢幢幻象，迎面駛過了河去。在小鎭的街巷陣裏尋路，好不容易找到堡門，已經六點鐘剛過，早關閉了。露娃河谷的這些古堡，在仲夏的金陽裏做中世紀的大夢，閉館謝客的時間都很早，有的四點半就重門深掩了。站在狹谷一樣的街上，我們只能隔著斑剝而粗糙的古石堡牆，引頸窺望裏面伸出來的宮屋峭頂，和崢嶸的塔尖。夕陽照在荒堞和雜草上，一切都悄然，只有三五隻燕子繞城飛迴，偶爾，聽得到鴉在噪晚。隔著十仞的高牆不能一窺安布瓦斯的故宮，覺得特別可惜，因爲達芬奇不但在此度過他最後的四年，而且在此逝世。法王法蘭西斯一世安置大師住在皇宮旁邊的屋裏，把他當做老師，甚至稱他爲父。「摩娜麗莎」便是法蘭西斯一世以一萬二千鎊向他買的，但在大師死前兩年一直讓他掛在自己房裏。達芬奇晚年設計了不少神奇的機器，包括未來的飛機、汽車、戰車、迴旋橋和直升機，不一而足；按圖製造的那些模型可惜也看不到了。

「要不要就在鎭上找旅館住下，明天再進去看呢？」䆫䆫說。

我打量太陽，還不算怎麼偏西，想了一下說：「天色還早，我們不如趕路去雪濃莎吧。如果再錯過雪濃莎，就太可惜了。」

夏天在法國，天黑得很晚。在巴黎，太陽要九點半才落到地平線上，一只好豔好旺的火球。南行不久，我們就逆著露娃的支流雪耳河，一路向東。這露娃河中游的夏晚，寧靜而且悠長，空氣清爽而無風，晴空裏充滿了夕照，像淨藍的缸裏流轉著純金。我們的淺藍色塔爾波順著平直的鄉道，在鮮黃的向日葵田裏駛過，只爲了追尋傳奇的背影。雪濃莎，魔咒一般的三音節，多麼柔麗而哀豔的名字。Chenon-ceau，那充滿回音與聯想的古堡，眞的在暮色的深處等著我們嗎？

3

法文 chateau 一字，相當於英文的 castle，同爲城堡之意，但是 chateau 尙有宮殿的意思，所以把這個字叫做古堡，有時候未必妥當，因爲法國的一些城堡維修得美輪美奐，金碧迷人，絕非斷垣殘壁、銅駝荆棘的蕭條景象。同時在古代的堡壘和戍樓旁邊，往往還建有教堂和華麗的宮殿，作諸侯的府邸，所以往往城多於堡，並不限於軍事的用途。

法國的城堡何以集中在露娃河的中游？而露娃河谷的城堡又何以如此名貴？其中的原因不妨從地理和歷史來分析。原來露娃河谷盛產白堊，其地質早在八千萬年以前就已形成，這種石料色若乳脂而光潔可愛，正好用來建築。中世紀時已經有雕刻家和建築師採用此石，但是拿來建宮造堡，卻是十六世紀以後的風氣。英法之間的所謂「百年戰爭」（Hundred Years' War, 1337-1453），斷斷續續，其實打了不止一百年。十五世紀初葉，露娃河以北之地大半淪於英軍及其友軍柏根地人，甚至巴黎都失守達十六年之久（一四二〇—三六），簡直四倍於納粹時代。聖女貞德乞兵勤王的時候，法國皇太子查理七世的偏安之局，就是依賴露娃河谷的熙農城堡（Chinon）。戰後，法國北部一片荒涼，淪於無政府的混亂狀態，歷經查理七世與路易十一世兩朝的重建，始得恢復。

這時意大利的文藝復興正在開始，路易十一世之子，法王查理八世（Charles VIII, 1470-98）出征意大利，對該地的宮堡十分讚賞，覺得比起那種開敞而明亮的建築風格來，自己國內的壁壘實在太陰冷閉塞了。那時法國的城堡多爲百年戰爭的殘餘，堅壁清野的實用遠重於宴遊的享受，當然要厚其高牆，窄其長窗。查理八世回國的時候，索性帶了拿頗利的漆工和石匠，在安布瓦斯營造精美的新宮。他與匆匆地收集了許多珍玩、繪畫和家具，準備把文藝復興引到北方，不幸有一天誤撞藝廊的低楣，竟而夭亡。

繼承這一股意大利熱的法王，是好大喜功的法蘭西斯一世。於文於武，這位君王都不甘寂寞。他不但師事達芬奇，更鼓勵切利尼與拉伯萊，對於文藝的支持不遺餘力。他一生不服神聖羅馬帝國的查理五世，屢挑戰端，卻每次敗北。但值得紀念的是，他完成了安布瓦斯的新堡，並著手興建宏偉而繁複的香堡（Chambord）。這就是法國文藝復興風格的開端。露娃河兩岸城堡的興建維持了兩百多年：例如布瑞沙克（Brissac）和雪維尼（Cheverny）二堡便建於十七世紀，而有馬城之稱的騷木爾（Saumur），始築於十四世紀，後來歷經內部改裝與擴張，終於在一七七一年成為一所騎術學校。

有些城堡早在中世紀就已建好，例如昂舍與朗賽（Langeais）就是十三世紀的賢君路易九世，俗稱聖路易(Saint Louis, 1214–70）者所建。朗賽其實建得更早，到聖路易朝才予改建。這些中世紀的古堡多屬羅馬式或哥德式，牆壁粗糙而色調陰鬱，像是斑斑剝剝的史蹟，外貌的特點是倉庫一般的圓筒堡身和又少又狹的長窗。我在蘇格蘭住過一夕的達豪西堡（Dalhousie）正屬此類，也難怪法國的君王要豔羨意大利的南國迷宮了。

這麼多的城堡裏面，以景觀而言美得匪夷所思，以歷史而言又最動人綺念遐想的，卻首推雪濃莎，原名Chenonceau，所以「莎」要讀「梭」，才有法國味。早在十三世紀，雪濃莎就已是馬克家族的莊園。到了一五一二年，其後人因償重債而被迫售產，諸曼地省的財務官波葉（Thomas Bohier）用一萬兩千五百鎊買了下來。當時的雪濃莎只是一座圍有堡壘的莊宅，建在露娃河的支流雪耳（Cher，法文親愛之意）河畔，岸邊還有一座磨坊，基礎就嵌在河底的花崗石裏。這種雉堞嚴峻的老式堡壘，在百年戰爭的亂世固然便於防守，但到了太平盛世要用來狩獵宴遊，卻嫌不夠舒適、開敞。波葉把古堡拆除，只留下屹然的堡核（keep）；而取代河上磨坊的，是一座文藝復興早期風格的方宮，樓高三層，四角拱衞著圓身灰頂的尖塔。波葉夫婦不但富於資財，也饒有想像，對於著手改建的新堡寄望甚高，似乎已有預感，自己身後名隨堡傳。

波葉隨法蘭西斯一世出差意大利，為陸軍採購軍需品，他的夫人凱瑟琳便在家監督改建的工程。不久他們又向法王申請，要在雪耳河上增建一座凌波的長橋，法王來訪之後，對新堡及四周的林地十分歎賞。一五二六年，波葉夫婦相繼去世，產業由兒子安圖完・波葉（Antoine Bohier）繼承。覬覦雪濃莎已久的法蘭西斯一世，仔細核查老波葉生前經手的財務，發現了漏洞，命令小波葉代父償債給法國政府。小波葉償不起這筆巨款，在法王的安排下，只好用雪濃莎來抵繳。最後，吏人奉命以法王的名義接收了新堡。

從此雪濃莎成了法王的行宮，法蘭西斯一世常來此地遊獵，隨從之中除了太子亨利二世與其妃凱瑟琳之外，還有兩位美人：一位是法王的愛寵，艾唐普公爵夫人，另一位的名字與雪濃莎的浪漫形象不可分割，便是普瓦蒂葉的黛安娜（Diane de Poitiers）。黛安娜表面上是諾曼地總管的寡婦，實際上卻是太子的情人，難怪要招公爵夫人的鄙夷和太子妃的毒恨。而太子呢，衣著一律黑白二色，那是他情人的標幟；他用的紋章也取自她的新月圖形。

一五四七年，法蘭西斯一世崩殂。亨利二世繼位後，黛安娜立刻受到無上的眷寵。她從新王手裏接受的賞賜，包括巨額的金錢、鑽石，甚至皇冠上的珍珠。每口鐘收二十鎊的國稅，也抽了不少成給黛安娜。然而亨利二世送給她的無上重禮，卻是雪濃莎。

她，黛安娜，法國最美麗的女主人，統治了法國最美麗的宮堡。爲了襯托新堡，她開闢了寬達兩公頃的方形花園，也就是以她爲名而傳後至今的黛安娜花園。她愛花成癖，所以常常收到的禮物包括玫瑰樹、朝鮮薊之屬。在她的指揮下，建築師、設計師、園藝家和大批的園丁通力合作，使人工與天然密切配合，宮堡與園林互相呼應。草坪、魚池、菜圃、果園等等都開闢了出來。一五五六年，德洛美來探測河牀，並奉命在河上架設有名的橋屋，於是雪濃莎得以銜接對岸雪耳河的森林。

美豔的黛安娜在雪濃莎做了十二年的女主人，而容貌始終不衰。最可驚異的，是她比亨利二世大十九歲，入主雪濃莎那年已有四十七歲了，而法王只有二十八歲。這位絕代美人生活極有規律：不論冬夏，她一起牀就行冷水浴，然後騎馬馳騁，再回去睡覺直到中午。據說她從不化妝，但是膚色長保乳白。又說她雖然姿色動人，衣著卻頗爲端莊，舉止也很高貴，沈靜之中還帶點矜持。這種冷豔的蠱術，反而更令法王著迷。另一方面，她大膽起來也全然不理世俗，甚至會裸騎在鹿背上給畫師繪像。不幸在一五五九年，喜好比武的亨利爲了爭自己情婦的面子而向加布烈挑戰，竟意外受傷，數日後便去世了。

法王一死，皇后大權到手，忍了十二年的一口氣，立時報復。她命令黛安娜退還皇冠上的珍珠，並且退出雪濃莎。黛安娜還想抗拒，凱瑟琳暗示她不惜動武，黛安娜只好離宮。凱瑟琳命她移居蕭芒堡，她卻寧可退回自己的領地安奈。這時她已經五十九歲了，據說七年後她去世時，風韻仍然動人。

在長久的等待之後，終於輪到凱瑟琳入主雪濃莎。這座壯麗的宮堡在她的掌握之中，先後歷三十年。其間在位的三位法王，法蘭西斯二世、查理九世、亨利三世，都是她的兒子，所以她成了至高無上的太后。她在橫跨雪耳河的橋上加建了雙層的長廊，又在黛安娜花園的對面闢了一片新園，種植外國的花木，名之爲凱瑟琳花園。這女人很愛玩弄權術，一方面縱橫捭闔，千方百計維護她三個兒王的寶座，還爲查理九世攝政過三年；另一方面卻把她的宮娥訓練成又像特務又像妓女的所謂「飛騎隊」，以偵探敵情並慰勞忠僕。這一隊美女在陽光下穿金色的制服，在月光下則換成銀衣。野宴的時候，她們就成了河邊與林下的精靈，一任興奮的牧神追趕。

三十年間的雪濃莎是一場無休無止的園遊會，淫佚之狀難以盡述。爲了歡迎她的第三位兒王來雪濃莎，凱瑟琳大張盛宴。席間，新王亨利三世化妝成女子，緊身的胸衣上閃耀著鑽石與珍珠，短髮露乳的貴婦則男裝侍宴，一夕就揮霍掉十萬鎊之鉅，還要向諸侯與意大利人去貸款來償付。

這樣荒唐的遊園最後自然要驚夢。內戰終於不可收拾，一五八九年，凱瑟琳太后死於布魯瓦堡，緊接著，亨利三世死於狂僧克列芒之手。凱瑟琳臨終之前把雪濃莎交給了亨利的皇后，華德蒙的露易絲(Louise de Vaudemont)。

雪濃莎換了主人，也改變了風格。從黛安娜到凱瑟琳，四十二年來這地方一直是酒醉情迷的行樂宮，但在露易絲的治下，卻頓然從繁華夢裏清醒過來，變成了一座遁世的修道院。亨利三世是荒淫而邪惡的君王，他的橫死罪有應得，偏偏他的寡婦皇后卻是深性至情的賢妻。丈夫死後，她陷入徹底的悔恨與悲哀，把自己深閉在肅靜無嘩的宮堡裏，寢室低垂著綴有銀淚圖案的厚重黑絨帷幔；華爾滋的激盪音波變成了懺罪的喃喃低禱，應和著雪耳河西去的水聲，而四周，浪笑相逐的飛騎隊也換成了潛修默念的娥素娜修女(Ursuline nuns)。露易絲的生活十分儉樸，對一般貧民卻很慷慨，大家常見她穿著白色喪服的側影，都稱她為「雪濃莎的白夫人」。

哀愁的白夫人死後，新主人是她的姪女，望東公爵夫人芳思華絲（Françoise

de Mercours)。這時波本王朝正開始，法王亨利四世終於遷都巴黎，露娃河中游一帶這些宮堡的全盛時代也就告終了。望東皇族既然不常來住，也就不願意在鄉下的別墅上花費過多。雪濃莎乃從繁華落入平淡。

但是一百年後，她又以另一種光輝來炫耀法國的眼睛。一七三三年，解甲歸田的杜班將軍（Claude Dupin）從波本公爵的手裏買下了這座古堡，不久美麗而多才的杜班夫人就成了有名的女主人。若把她的貴賓排列起來，簡直就是啓蒙運動的名單：畢豐、孔迪雅、伏爾泰、孟德斯鳩、杜黛芳夫人、盧梭等都是她的座上常客。盧梭更做了杜班夫人的祕書，和她女兒的家庭教師。他鼓吹回歸自然的哲學，也是從雪濃莎靈秀的風景、瀲灩的波光得來的感應。他的詩〈雪維亞的林蔭路〉，寫的正是從村上通向宮堡的那條蔭道，而論述教育的《愛彌兒》也在此完稿。法國革命期間，這座帝王與后妃的行樂宮竟然秋毫無犯，可謂奇蹟，那是因爲杜班夫人深受村民敬愛之故。這位福慧兼修的女主人，爲美麗的雪濃莎更添了文化的氣息。一七九九年她去世的時候，高齡已經九十三歲，後人遵她的遺願，就葬她在雪濃莎的墓地。

4

夕陽在我們的後車窗落向平野，樹影一路追了上來。我們在遲長的黃昏裏駛入了雪濃莎鎮。一八八二年秋天，亨利．詹姆斯來此一遊，後來在遊記《法國行》裏曾說，鎮上有一家很整潔的小客棧，可以吃到好菜，招待也很殷勤。但是此刻，在曲折的窄街兩邊，用各種奇異店名招呼著我們的，卻至少有半打的現代旅館，有的氣派顯然還不小。奇怪的是，幾乎家家都聲稱客滿，但是街上一個行人也不見，巷深樓靜，簡直像一座棄城。問到一家尚有空房，索價一夕要三百七十法郎，未免有些亂敲。

「總之明早才看得成古堡了，」宓宓說，「今晚倒不在乎要住在鎮上。」

「對呀，今晚住在附近就行，明天再來看就好了，」我附和她。

我們繼續東行，才三兩公里便到另一個小鎮，名叫夕宿（Chisseau），比起雪濃莎來，更其村小人稀。公路邊一家兩層樓的客棧，精巧而雅緻，店名漆在白牆上，叫做明舍（Clair Cottage），看來令人歡喜。停車一問，租金只要八十九法郎，便住了下來。吃過晚飯，正是十點，天色已經全黑下來。我們推開店門，正待沿著村道出去散一回步，店東問我們是不是要去看 lumière？我們不知道他指什麼，只有含糊點頭。他便大做手勢以助語意，一會兒兩手做開車狀，一會兒又指指後門。一陣「肢體語言」之後，主客相對而笑。

「為什麼看『呂米葉』要開車呢？」宓宓說，「他明明知道我們只是去散步呀。」

「『呂米葉』是法文照明的意思，」我說。

「會不會是古堡有什麼燈景可看？」

「一定是了，」我恍然大悟，「快上車吧！」

五分鐘後，我們從村道轉入向南的林蔭路，駛了三百公尺左右，忽然聽見人聲嘈嘈，才發現左邊的排樹背後是一片停車場，停滿了車。我們也開進去停車，這才看出人羣正從古堡的方向紛紛走來，準備開車離去。

「一定是『呂米葉』散場了，」宓宓懊惱說，「我們來晚了。」

「也不見得，」我說，「還有人跟我們一樣，剛剛來呢。管它呢，進去看一下。」

通向堡門的林蔭路遠比我們所想的要深長，路燈又高又疏，兩旁的行道樹密葉交蔽，多爲法國梧桐，排樹之外是濃邃的森林，所以大半的時候我們等於走在暗裏，只能依賴路的盡頭一點幽昧的燈光指示古堡的方向。樹頂偶爾傳出夜鳥的呼叫，腳下卻聽得見流水潺湲，走到路燈下，依稀看得出是一條窄窄的淺溪被亂石所激。此外就一點聲音也沒有了，整個氣氛陰森而可疑。十六世紀的四輪高軒，馬蹄得得，鞭聲呼呼，就是在這條時光隧道上，載著熱情而又冷豔的黛安娜絕塵而去的嗎？腳下，夏夜的塵香裏，又踏過多少靴痕與蹄印呢？

就這樣在樹影裏足足走了十幾分鐘——這時間要是放在電影裏，就太久了——忽然一片閃爍的烈光在樹後出現，反托出古堡背光的側影，然後是戲劇的對話，一會兒暴喝，一會兒哀訴，從擴音機裏播出。我們加速向前趕路，終於到了堡門的黑漆柵前，匆匆買票而入。剛好聲光頓歇，我們越過門首的石雕斯芬克獅，逆著散場的人潮進入堡中。等到人潮散盡，收票的人才把下一場的觀衆，約莫四、五十人，放進左面的一個大方場。原來是一片大花園，大家順著四邊的長堤繞園而行，到了臨水的一邊，堡警示意大家就在堤上等待。

堡內沒有路燈，只有戴著黑盔尖頂的中世紀圓筒城堡，從窄窗孔裏透出一點光來。河上的方宮，四角的尖樓，跨水而橫的儼整橋屋，上下兩層的排窗，一律都守在暗裏，似乎滿含著神祕的暗示。我們靠在堤邊的粗石圍牆上，越過寬闊的牆臺俯窺，下面想必是雪耳河了。除了涼涼的水氣之外，更無一點波聲，偶發的一聲兩聲禽語，只像是夏夜的低囈，分不清究竟是來自對岸，還是河中的小嶼。而混合的花香和樹氣，調配成薄荷酒似地，從下面的花園裏飄了上來。

忽然擴音機開口了，堤上的遊客，暗窗裏所有的亡魂，都在豎耳靜待。鼻音圓滿、喉音深邃的法國腔開腔了。雪濃莎歷代的霸主和嬌客，怨妻和寡婦，賢淑和人才，紛紛出場，啊不，是輪番開腔，時而空房獨白，時而大堂對話，時而衆口交鋒，在虛無飄渺的夜空中爲我們重演四百多年的興衰堡史。

配合著故事的發展，人語的嘔啞，蹄聲的雜沓，輦輪的轆轆，兵器的鏗鏘，或登樓而急步，或叩門而高呼，或倚窗而長歎，燈光就在那裏亮起，領著我們回到十六或十七世紀，在古堡的戶內或戶外神遊。峭坡一般的鐵灰色屋頂下，閣樓朝東的一扇窗忽然亮了，緊接著是叩門的剝啄，是一問、一答，門開了，又是低抑而緊張的耳語。那是皇太子亨利密赴黛安娜的幽會嗎？閣樓的小窗熄了燈，萬籟沈寂，一對情人必是投入彼此的懷抱了。此時，豈非是無聲更勝於有聲？但是不久有波聲與笑語穿橋洞而來，燈光也照得橋下通明，可見雪耳河的清流正悠悠西去，正如四百年前載著滿舫的河客一樣。這才發現，邊堡的尖塔右上方，一鈎銀月正懸在低空，倒是眞的呢，不是布景，而且正在落下。這景色，黛安娜生前該是見慣的吧？正思念間，堡後那一片凱瑟琳花園刷地一下通徹透明，所有的腳燈全亮起來，園遊會開始了。宮廷的樂隊吹奏得如火如荼，假面的賓客一對接一對走過，笑語喧闐，托盤的僕役奔走其間。愛擺排場的凱瑟琳太后，正大張盛宴歡迎她的兒王法蘭西斯二世和新后瑪麗·史都華(Mary Stuart)：那一年，法蘭西斯剛登基，不過十五歲，瑪麗也才十七歲。

驀地衆絃俱寂，只剩下一片蟲聲，陪著哀愁的白夫人，半掩在黑窗簾後在怨恨眉月。

眞的，那一彎銀白的眉月已墜到塔尖上端。雖是夏夜，卻也風寒露重，雪耳河的水氣，透過厚毛衣竟也涼襲雙肘。宓宓挽著我走回林蔭堤道，回望古堡，已經月落影沈，那一簇尖尖的塔樓都已幢幢而黯。

回到小客棧，已經快近午夜了。前門已上鎖，便把車子停在後院的花架旁邊，準備攀白漆的露天迴梯，走後樓的陽臺回去臥房。只覺有異樣的光彩在頭頂蠢動，仰面一看，兩人都怔住了，幾乎是同時失聲輕呼。月落天黑的夜空，布滿了爛爛燦燦的一簇簇冷銀，神經質一般在亂顫著清輝，那麼近，好像一伸手都會牽落一大把似的，更近的，幾乎眉睫都掃得到了。而匯聚得尤密的一些，難以個別區分，索性就噴濺成一片乳白的迷霧，只有天文學家的捕光魔鏡才能去虛空裏，咳，去眞空裏一一追認了。猛然記省，那不就是銀河了嗎？就眞的仰面再看，如豆的目光，知其不可而為之地企圖盡覽那一灣濺天而過的淋漓光芒，湍急的迴渦捲進又吐出，洶湧的浪花激起又跳落，咳，多少星座。這才相信，梵谷畫裏夜店外的星空，那許多猖獗的光並非亂想。

「為什麼有這麼多星光，又這麼逼在人頭上？」宓宓驚歎再三。

「也許它們是一種燐質的昆蟲，喜歡在人家的屋頂上爬吧？」我笑起來。「夜深了，這四野全無燈火，又沒有月亮。加以空氣純潔，你今晚的眼睛又特別敏感。」

「好冷啊，」宓宓顫聲地說，「七月底怎麼像秋天？」

「這是歐洲啊！露娃河這一帶的緯度——」

「相當於華北吧？」宓宓說。

「什麼話？比齊齊哈爾的緯度還高。」

回到房裏，一時之間兩人都沒有睡意。奔馳了一整天，倦是倦極了，卻有一種累過了頭的興奮，因爲剛才古堡那一幕的餘光遺響，因爲這小客棧的樓窗正對著那有名的古堡，文藝復興的風流和典雅觸手可及，今晚的星光猶是四百年前的幽渺，因爲明天早上我們還要去探雪濃莎，看陽光下它的眞相。

我還想就著牀頭的小燈，向雪濃莎的導遊畫册去追究幾項堡史的細節，並擬定明天參觀的行程。一隻細小的金甲蟲忽然在畫頁上蠕蠕爬來，快到法蘭西斯的鼻子上了。這才發覺窗上無紗，檯燈把戶外的飛蟲紛紛引來，一時此起彼落，枕畔好不熱鬧。

「快關燈吧！」宓宓說。

於是戶內全黑了，輪到密密麻麻的星光，沿著牆上的花藤和水管，蠢動著爬進窗來。

5

第二天清晨我們在清脆的鳥聲裏醒來。九點，再駕車去看古堡。

月光下的美人未必都能夠接受陽光的考驗，但是此刻，一夜醒來，在和風麗日之下，雪濃莎在我所見過的宮堡之中，仍然是最明豔最出色的一座。我沒有說她最富麗堂皇，因爲規模與氣象比她宏大的宮堡有的是，然而要講嫵媚動人，卻非她莫屬。大凡景觀要有靈性與動感，總不能缺水，那水，自然要活的，才見出生命。護城河、人工湖、噴水池，總不如一條河水純淨天然。雪濃莎之勝全在一條雪耳河，那一彎嫻靜而纖柔的水藍緩緩流過，恰到好處的弧度使河景添些曲折，讓兩岸葱蘢的森林有機會掩映淸波。

如果雪耳河僅僅流過這座宮堡，雪濃莎的景觀也不見得就怎麼神奇。最別致的是，不但尖塔簇擁的四方宮堡就建在河上，有吊橋與高堤和北岸的舊堡新園相通，而且還架了一座五墩的長橋接上南岸，橋上更建了雙層的樓廊，排窗之上更覆著峻斜的灰黑屋頂。四百年的悲歡歲月，華路瓦與波本王朝的興衰，美人的紅顏，寡后的懺悔，智者的沈思，一切一切，甚至內亂與革命，都逐波而去了，留下的是這一排橋樓與塔影。雪耳河永遠向西，追趕著露娃河的大西洋之旅。這一面長而彎的藍鏡子，這不負責任的魔幻水鑑，不會爲任何人保管刹那的倒影。

如果從空中看下去，雪濃莎北岸的地面就像三個大棋盤。最整齊美觀的是右邊的正方棋盤，被一個正十字與一個斜十字分割成八個三角形，綠底是草，土紅的直線是路，蒼翠的虛線是一排排的杜松，修剪成圓渾的卵形。這是最早開闢的黛安娜花園。左邊的方形比較不規則，中間像是個大紅靶心，外面圍著兩圈紅線，走近時，才發現都是開得嫵媚而又恣肆的大朵玫瑰，和匐匍了一地錦繡的天竺葵。這便是凱瑟琳花園了。對我說來，法國十七世紀的這種園景布置，儘管妍巧可觀，卻工整過甚，有心再造自然，卻束縛了活潑的生機，反而不如中國庭院的錯落變化，日本庭院的禪意清遠。雪濃莎的園藝，正如凡爾賽宮的對稱與工整，只令人想起新古典主義的詩律與畫規。

我們走進四方的宮堡，逐室巡禮一番。黛安娜的寢室並不如想像中那麼富麗。一邊牆壁，從天花板直到地板，懸著金碧輝煌的整幅大掛氈，氣象不凡，據說是十六世紀佛蘭德的織品。壁爐邊上，白底漆金的皇冠下覆著一個大寫的A，不知道是否指她的封號「阿奈女堡主」(Chatelaine de Anet)？除此之外，她的私閨遠不如凱瑟琳的豪華，也許她本來就不是皇后，後來更被逐出宮去，所以較少遺物吧。最堂皇的一間該是路易十四的會客廳了：法國全盛時代的雄主霸君，當然要氣派一些。路易十四時代的家具與裝潢素來名貴，雪濃莎不是凡爾賽，但是行宮的會客廳自也含糊不得：四壁紅絨襯得金色的畫框和錦繡的靠背椅華貴飫目；雕金鏤玉的長几上，反托著絨壁用黃鉢供著幾株鳶尾(iris)，狹長的翠葉挺拔如劍，神氣非常。這一鉢亭亭傲立的鳶尾，同樣供在望東公爵的臥室，因爲鳶尾花是法國君王的象徵，三瓣鳶尾的圖案常見於宮廷的裝飾，尤其是盾徽與旗號，即所謂fleur-de-lys。在法蘭西斯一世的臥室裏，壁爐上的飾板也都是綠底金花的鳶尾圖案。法國人色感的高雅，堪稱歐洲第一。路易十四的會客廳裏，壁爐上的飾板以嬌柔的乳白爲底，描以金漆，除了鳶尾之外，更有戴冕吐燄的火蜥蜴，那又是法蘭西斯一世的瑞獸。

雪濃莎宮中的藏畫也不少。路易十四的那間就有他自己的畫像，旁邊的一幅是魯本斯所繪的「耶穌與聖約翰」。法蘭西斯一世那間還掛著一幅巨製，是梵露所繪的「青春三女神」。在西歐，維護妥善的宮堡與教堂之類，往往就是展覽繪畫、雕塑、器用、習俗，甚至整部感性歷史的博物館。

甚至樓底的警衞室也頗有可觀，僅看繞室的巨幅掛氈，就令人對佛蘭德的織錦不忍移目。樓橋上層的長廊達六十公尺，下面鋪著藍白相錯的方形磁磚，使人幻覺是踩在名貴的磁盤之上。長廊的兩面各有九扇長窗，向東、向西，同時迎來柔婉的水光，可以想見，除了正午之外，陽光必定也很充沛，眞稱得上是金陽與碧水兩全其美的光之屋了。有窗的地方，寬厚的大理石壁就向外凸，形成一座橢圓的壁龕，於是平直的長廊也有了變化。這長廊是凱瑟琳的主意，當初用來做餐廳和客堂，一次大戰期間曾改爲醫院，治過兩千病人。我們這次來參觀，它卻正在展畫，已經變成藝廊了。

興衰無常，悲歡交替的雪濃莎，在王侯與布衣之間，不知道換過多少主人了。就我，一個東方的詩人而言，她最可愛的女主人該是杜班夫人，而最可貴的賓客該是盧梭與伏爾泰。我的選擇是杜班夫人，不僅因爲美慧的女主人把昏君與權后的行樂宮提昇爲雅聚的文苑，香扇下面薰出了半個啓蒙時期，更因爲在大革命之際，全靠了她，靠了她的仁愛，雪濃莎才幸而逃過了一劫。否則今天站在這雪耳河邊，宓宓和我，恐怕只能憑弔逝水與斷垣了。然而，除了路易十四的會客廳裏有一幅杜班夫人的畫像外，堡中卻罕見這位女主人與貴客的遺物，令人惘然。

幸好堡中還有一座蠟像館，意猶未盡的多情遊客，臨去之前還可以去低迴一番。蠟像館不算大，但是人物的製作與背景的配合都精緻而生動，色調也亮麗高雅。雪濃莎四百年的人物，就這麼以最戲劇性的姿態，一一出現在我們眼前。水的明媚，花的煥發，橋的飛凌，造成了雪濃莎的形象，那形象，自然跟她的歷任女堡主緣結不解。最早的一位自然是黛安娜。她側立在前景，牽著一隻沙土黃的長足靈猩，正在吩咐一名老獵人。背景是一座橡樹林，堡邊有一名馬童牽著白駒，馬背上披著金黃的障泥，正待女堡主乘騎。黛安娜以這種形象出現，因爲狩獵是她的所好。她的名字黛安娜本來就是羅馬的女獵神，同時黛安娜又是月神，與她喜歡素衣也有聯想。她的蠟像所著，正是白衫紅裙，長髮拂肩，顏色深褐帶紅，肌膚白皙而面容略瘦，望之三十許人，其實她入堡的初年已經近五十歲了。

最後的一位著名女堡主杜班夫人，有兩尊蠟像。一尊是坐姿，穿著銀底淺藍條紋的露肩衣裙，櫻髮挽著迴鬟高髻，佩著玫瑰，正對著手握調色板的老畫師納蒂葉(Jean Marc Nattier)。從蠟像看來，她高貴而端莊，有一種成熟的神韻，算得上是位美女，甚至更勝黛安娜。若非如此，當時的文豪大師也不會齊集在雪濃莎了。另一尊是立姿，而以古堡為背景。杜班夫人站在凱瑟琳花園裏，正聆聽盧梭的滔滔宏論，站在一旁的伏爾泰似乎不表同意，正攤開右掌，有所申辯。盧梭穿著亮綢的藍衣，一頭烏髮；伏爾泰則穿著金閃閃的緣袍，頭髮都已白了。盧梭在《懺悔錄》裏說他來雪濃莎，是在一七四七年。準此，則他的蠟像是三十五歲，伏爾泰是五十三歲，而女主人應該四十一了。說得象徵一些，年輕的盧梭在鼓吹天性，說雪耳河的自然最堪取法。年長的伏爾泰則堅持理性，說巴黎的罪惡幸而有文化來救贖。中年的杜班夫人則左顧而右盼，在兩大之間不但要做主人，還得做調人。

美人不老，只是成熟。黛安娜的魅力所以顯得超乎尋常，在於她比法王、法后都年長十九歲——因爲亨利和凱瑟琳同年——然而年輕的法后卻輸給了她。杜班夫人也是一樣，初做女堡主只有二十七歲；殞於雪濃莎卻已九十三歲了，而其時，伏爾泰與盧梭也都已謝世二十一年。亨利・詹姆斯在他的遊記裏，對統治雪濃莎長達三十年的凱瑟琳頗多貶詞，說她「虛僞而血腥」，說她善於享受美好的人生，卻麻木不仁，不懂別人也有這權利。但在另一方面，他又不得不佩服這梟雌在橋上建樓的絕妙主意。他說：「配上長橋和疊廊的雪濃莎堡，無論從那一邊側斜看來，都很奇幻，說得上是任性與異想的驚人樣品。不幸一切妙想天開都未必有優美的結果，但是對於凱瑟琳，我在不甘之餘卻不得不承認她例外的成功。」

詹姆斯最心儀的女堡主當然是杜班夫人。他認爲，一個人能生當十八世紀中葉，是一大幸運，因爲那時的女性最解交接應對之道，若論爐邊閒談，並享女性溫柔的陪伴，則法國大革命之前的六十年間，可謂黃金歲月。杜班的家譜裏想必奔流著藝術的熱血：杜班夫人的曾孫女奧洛瑞（Aurore Dupin）便是一位才高膽大的女作家，曾與蕭邦、繆塞相愛；筆名也儼若鬚眉，叫做喬治桑。一八五〇年前後，這位獨立特行的曾孫女曾來雪濃莎探親，顯然，一百多年間，這座美得不可思議的古堡，一直屬於杜班家族。

我們走出了蠟像館，回到一九八五年的仲夏，外面的綠色世界已經是晌午了。我們踏著土紅的細砂地走出堡門，回過頭去，向那驚豔的宮堡再投依戀的一瞥。塔尖纖纖，橋影如幻，眼前的實景已經惘然難信了，未來的追憶當更渺茫。我們沿著梧桐交蔭的提道走去停車場。半小時後，我們的塔爾波逆著雪耳的流水向東奔馳，把四百年的歷史交給了那一川淸淺。餘程還有兩座古堡要探，還要看蕭芒與香堡。宓宓倚在右座，手裏還握著法國的行車地圖，上面的十幾座古堡都劃了紅圈。雖然她和我都沒有說話，我們心裏都忙於安頓好幾位女堡主的面容，而且知道露娃河之行的高潮已經過了。

雪濃莎，三音節的魔咒，歷史的背影眞能夠叫回頭麽？

——民國七十六年一月

德國之聲

1

德國的音樂曾經是西方之最。從巴哈到貝多芬，從華格納到史特勞斯，那樣宏大的音樂，那一個國家發得出來？人傑，是因爲地靈嗎？該邦的最高峯楚克希匹澤(Zugspitze)還不到三千公尺。萊茵河靜靜地流，並不怎麼雄偉，反而有幾分秀氣。黑森林的名氣大得嚇人，連我常吃的一種蛋糕也借重其大名，眞令人駭怪，那一帶不知該怎樣地暗無天日，出沒龍妖。到了跟前，那滿山的杜松黛綠盈眸，針葉之密，果然是如鬟如鬟，平行拔豎的樹幹，又密又齊，像是一排排的梳齒。但是要比壯碩修偉，怎麼高攀得上加州巨杉的大巫身材呢？

萊茵河雖然不怎麼浩蕩，但是「齊格非萊茵之旅」卻寫得那樣壯烈，每天聽到，我都會身不由己地熱血翻滾而英雄氣盛。只可惜史詩已成絕響了。我在西德租車旅行，曾向尋常的人家投宿。這種路旁人家總有空房三兩，丈夫多已退休，太太反正閒著，便接待過路車客，提供當晚一宿，次晨一餐，收費之廉，只有一般大旅館的三分或四分之一。在西德的鄉道上開車，看見路旁豎一小牌，寫著 Zimmer frei 的，便是這種人家了。在巴登巴登（Baden-Baden）南郊，我們住在格洛斯家。第二天早餐的時候，格洛斯太太的廚房裏正放著收音機，德文唱的流行曲似曾相識；側耳再聽，竟然學美國流行曲的曼妙吟歎，又有點像披頭的咕咕調。巴哈的後人每天就聽這樣的曲調嗎？尼采聽了會怎麼說呢？

2

我在西德駕車漫遊，從北端的波羅的海一直到南端的波定湖（Bodensee），兩千四百公里都馳在寂天寞地。西德的四線高速公路所謂 Autobahn 者，對於愛開快車如楊世彭那樣的人，眞不妨叫做烏托邦。這種路上沒有速限，不言而喻，是表示德國的車好，路好，而更重要的是：交通秩序好。超車，一定用左線。要是你擋住左線，後面的快車就會迅疾釘人，一聲不出，把你逼出局去。反光鏡中後車由小變大，甚至無中生有，只在一眨眼之間。我開一九〇E的賓士，時速常在一百三十公里，超我的車往往在左側一嘯而過，速度至少一百五十。正愕視間，它早已落荒而逃，被迫退右，讓一輛更急的快車飛掠而逝。儘管如此，我在這樣的烏托邦上開了八天，卻未見一樁車禍，甚至也未見有人違規。至於喇叭，一天也難得聽到兩聲。

3

西德的計程車像英國的一樣，開得很規矩，而且不放音樂。火車、電車、遊覽車上也絕無音樂。法國也是如此。西班牙的火車上，就愛亂播流行曲，與臺灣同工。西德的公共場所，包括車站、機場、餐廳，甚至街頭，例皆十分清靜。煙客罕見，喧嘩的人幾乎沒有，至於吵架就更未遇到。除了機場和車站，我也從未聽人用過擴音器。這種生活品質，不是國民所得和外匯存底所能標示。一個安安靜靜的社會，聽覺透明的鄉里街坊，是文化修煉的結果。所謂默化，先得靜修才行。音樂大師輩出之地，正是最安寧的國家。

血色飽滿體格健壯的日爾曼民族，當然也愛熱鬧，不過他們會選擇場合，不會平白擾人。要看德國生活熱鬧豪放的一面，該去他們的啤酒屋。有名的 Hofbrauhaus 大堂上坐滿了一桌接一桌的酒客，男女老少都有，那麼不拘形迹地暢飲著史帕登、皮爾森、盧恩布勞。一面暢飲，一面闊談，更興奮的就推杯而起，一對對擺頭揚臂，跳起巴伐利亞的土風舞來。那樣親切開懷的大場面，讓人把日間的憂煩都在深長的啤酒杯裏滌盡，眞是下班生活的安全瓣了。不說別的，單看那些特大號的「咕嚕嚅」(Krug)酒杯，就已令人饞腸蠕蠢。最値得稱道的，是那樣歡娛的譃浪仍保有鄉土的親善，並不鬧事，而酒客雖然衆多，堂屋卻夠深廣，裏面的喧嘩不致外溢。這情形正如西歐各國的宗教活動，大半在教堂裏舉行，不像在臺灣的節慶，動輒吹吹打打，一路招搖過市，驚擾街鄰。

我在西德投宿，卻有一夜驚於噪音。那是在海德堡北郊的小鎮達森海姆（Dossenheim），我們住在三樓，不懂對街的人家何以入夜後叫嚷未定，不時還有劈拍之聲傳來。我說這一帶看來是中下層的住宅區，品質不高。我存則猜想那劈拍陣陣是在練靶。一夜狐疑，次晨到了早餐桌上，才知悉昨晚是西德跟阿根廷在爭奪足球世界盃的冠軍，想必全德國的人都守在電視機前觀戰，西德每進一球，便放砲仗慶祝。那樣的囂鬧倒也難怪了。

4

西德戰敗那一晚，我們雖然睡得遲些，第二天卻一早就給吵醒了。說吵醒，其實不對。我們是給教堂的鐘聲從夢裏悠悠搖醒的。醒於音樂當然不同醒於噪音，何況那音樂來自鐘聲，一波波搖漾著舒緩與恬靜，給人中世紀的幻覺。一天就那樣開始，總是令人欣喜的。德國許多小城的鐘樓，每過一刻鐘就鐺鐺鞳鞳聲震四鄰地播告光陰之易逝。時間的節奏要動用那樣隆重的標點，總不免令人驚心，且有點傷感。就算是中世紀之長吧，也經不起它一遍遍地敲打。

那樣的鐘聲，在德國到處可聞。印象最深的，除了達森海姆之外，還有巴登巴登的邊鎮史坦巴赫（Steinbach，石溪之意）。北歐的仲夏，黃昏特別悠長，要等九點半以後落日才隱去，西天留下半壁霞光，把一片赤豔豔燒成斷斷續續的沈紫與滯蒼。那是斷腸人在天涯的時刻，和我存在車少人稀的長街上閒閒散步，合夫妻兩心之密切，竟也難抵暮色四起的淒涼。好像一切都陷落了，只留下一些紅瓦漸暗的屋頂在向著晚空。最後只留下教堂的鐘樓，灰紅的鐘面上閃著金色的羅馬數字，餘霞之中分外地幻異。忽然鐘響了起來，嚇了兩人一跳。萬籟皆寂，只聽那老鐘樓喉音沈洪地、鄭重而篤實地敲出節奏分明的十記。之後，全鎮都告陷落。這一切，當時有一顆青星，冷眼旁證。

最壯麗的一次是在科隆。那天開車進城，遠遠就眺見那威赫的雙塔，一對巨靈似地鎮守著科隆的天空，塔尖鋒芒畢露，塔脊稜角崢嶸。那氣凌西歐的大教堂，我存聽我誇過不曉多少次了，終於帶她一同來瞻仰，在露天茶座上正面仰望了一番，頸也痠了，氣也促了，便繞到南側面，隔著一片空蕩蕩的廣場，以較爲舒徐的斜度從容觀覽它的橫體。要把那一派勾心鬥角的峻橋陡樓看出個系統來，不是三眼兩眼的事。正是星期六將盡的下午，黃昏欲來不來，天光欲歪不歪，家家的晚餐都該上桌了。忽然之間——總是突如其來的——巨靈在半空開腔了。又嚇了我們一跳。先是一鐘獨鳴，從容不迫而悠然自得。畢竟是歐洲赫赫有名的大教堂，晚鐘鏘鏘在上界宣布些什麼，全城高高低低遠遠近近的塔樓和窗子都仰面聆聽，所有的雲都轉過了臉來。不久有其他的鐘聞聲響應，一問一答，一唱一和，直到鐘樓上所有的洪鐘都加入晚禱，衆響成潮，捲起一波波的聲浪，金屬高亢而陽剛的和鳴相盪相激，匯成勢不可當的滔滔狂瀾，一下子就使全城沒了頂。我們的耳神經在鐘陣裏驚悸而又喜悅地震懾著，如一束迴旋的水草。鐘聲是金屬堅貞的禱告，銅喉銅舌的信仰，一記記，全向高處叩奏。高潮處竟似有長頸的銅號成排吹起，有軍容鼎盛之勢。

「號聲？」我存仔細再聽，然後笑道：「沒有啊，是你的幻覺。你累了。」

「開了一天車，本來是累了。這鐘聲太壯觀了，令我又興奮，又安慰，像有所啓示——」

「你說什麼？」她在洪流的海嘯裏用手掌托著耳朵，恍惚地說。

兩人相對傻笑。廣大而立體的空間激動著騷音，我們的心卻一片澄靜。二十分鐘後，鐘潮才漸漸退去，把科隆古城還給現代的七月之夜。我們從中世紀的沈酣中醒來。鴿羣像音符一般，紛紛落回地面。萊茵河仍然向北流著，人在他鄉，已經是吃晚飯的時候了。

5

德國的鐘聲是音樂搖籃，處處搖我們入夢。現代的空間愈來愈窄，能在時間上往返古今，多一點彈性，還是好的。鐘聲是一程回顧之旅。但德國還有一種聲音令人回頭。從巴登巴登去佛洛伊登希塔特（Freudenstadt，歡樂城之意），我們穿越了整座黑森林，一路尋找有名的夢寐湖（Mummelsee）。過了霍尼斯格林德峯，才發現已過了頭。原來夢寐湖是黑森林私有的一面小鏡子，以杉樹叢爲墨綠的寶盒，人不知鬼不覺地藏在濃蔭的深處，現代騎士們策其賓士與寶馬一掠而過，怎會注意到呢？

我們在如幻如惑的湖光裏迷了一陣，才帶了一片冰心重上南征之路。臨去前，在湖邊的小店裏買了兩件會發聲的東西。一件是三尺多長的一條淺綠色塑膠管子，上面印著一圈圈的凹紋，舞動如輪的時候會咿嚶作聲，清雅可聽。我還以爲是誰這麼好興致，竟然在湖邊吹笛。於是以四馬克買了一條，一路上停車在林間，拿出來揮弄一番，淡淡的音韻，幾乎召來牧神和樹精，兩人相顧而笑，渾不知身在何處。

另一件卻是一匣錄音帶。我問店員有沒有 Volksmusik，她就拿這一匣給我。名叫 Deutschland Schöne Heimat，正是「德意志，美麗的家園」。我們一路南行，就在車上聽了起來。第二面的歌最有特色，詠歎的盡是南方的風土。手風琴悠揚的韵律裏，深邃而沈洪的男低音徐徐唱出「從阿爾卑斯山地到北海邊」，那聲音，富足之中潛藏著磁性，令人慶幸這十塊馬克花得值得。「黑森林谷地的磨坊」、「古老的海德堡」、「波定湖上的好日子」……一首又一首，滿足了我們的期待。我們的車頭一路向南，正指著水光瀲灩的波定湖，聽著 Lustige Tage am Bodensee 飛揚的調子，更增壯遊的逸興，加速中，黑森林的黛綠變成了波濤洶湧而來。是因爲產生貝多芬與華格納的國度嗎？爲什麼連江湖上的民謠也揚起激越的號聲與鼓聲呢？最後一首鼓號交鳴的「橫越德國」更動人豪情，而林木開處，佛洛伊登希塔特的紅頂白牆，漸已琳琅可望了。

6

德國還有一種聲音令人忘憂，鳥聲。粉牆紅瓦，有人家的地方一定有花，姹紫嫣紅，不是在盆裏，便是在架上。花外便是樹了。野栗樹、菩提樹、楓樹、橡樹、杉樹、蘋果樹、梨樹……很少看見屋宇鮮整的人家有這麼多樹，用這麼濃密的嘉蔭來祝福。有樹就有鳥。樹是無言的祝福，鳥，百囀千啾，便是有聲的頌詞了。絕對的寂靜未免單調，若添三兩聲鳴禽，便脈脈有情起來。

聽鳥，有兩種情境。一種是渾然之境，聽覺一片通明流暢，若有若無地意識到沒有什麼東西在逆耳忤心，卻未刻意去追尋是什麼在歌頌寂靜。另一種是專注之境，在悅耳的快意之中，仰向頭頂的翠影去尋找長尾細爪的飛蹤。若是找到了那「聲源」，瞥見牠轉頭鼓舌的姿態，就更教人高興。或是在綠蔭裏側耳靜待，等近處的啁啁弄舌告一段落，遠處的枝頭便有一隻同族用相似的節奏來回答。我們當然不知道是誰在問，誰在答，甚至有沒有問答，可是那樣一來一往再參也不透的「高談」，卻眞能令人忘機。

在漢堡的湖邊，在萊茵河與內卡（Neckar）河畔，在巴登巴登的天堂泉（Paradies）旁，在邁瑙島（Mainau）的錦繡花園裏，在那許多靜境裏，我們成了百禽的知音，不知其名的知音。至於一入黑森林，那更是大飽耳福，應接不暇了。

7

鳥聲令人忘憂，德國卻有一種聲音令人難以釋懷。在漢堡舉行的國際筆會上，東德與西德之間，近年雖然漸趨緩和，仍然磨擦有聲。這次去漢堡出席筆會的東德作家多達十三人，頗出我的意外。其中有一位叫漢姆林(Stephan Hermlin, 1915-)的詩人，頗有名氣，最近更當選爲國際筆會的副會長。他在敍述東德文壇時，告訴各國作家說，東德前十名的作家沒有一位阿諛當局，也沒有一位不滿現政。此語一出，聽衆愕然，地主國西德的作家尤其不甘接受。許多人表示異議，而說得最坦率的，是小說家格拉斯（Günter Grass）。漢姆林並不服氣，在第二天上午的文學會裏再度登臺答辯。

德文本來就不是一種柔馴的語言，而用來爭論的時候，就更顯得鋒芒逼人了。德國人自己也覺得德文太剛，歌德就說：「誰用德文來說客氣話，一定是在說謊。」外國人聽德文，當然更辛苦了。法國文豪伏爾泰去腓特烈大帝宮中作客，曾想學說德語，卻幾乎給嗆住了。他說但願德國人多一點頭腦，少一點子音。

跟法文相比，德文的子音當然是太多了。例如「黑」吧，英文叫 black，頭尾都是爆發的所謂塞音，聽來有點剛強。西班牙文叫 negra，用大開口的母音收尾，就和緩許多。法文叫 noir，更加圓轉開放。到了德文，竟然成爲 schwarz，讀如「希勿阿爾茨」，前面有四個子音，後面有兩個子音，而且都是磨擦生風，就顯得有點威風了。在德文裏，S 開頭的字都以 Z 起音，齒舌之間的磨擦音由無聲落實爲有聲，刺耳多了。另一方面，Z 開頭的字在英文裏絕少，在德文裏卻是大宗，約爲英文的五十倍；非但如此，其讀音更變成英文的 ts，於是充耳平添了一片刺刺擦擦之聲。例如英文的成語 from time to time，到了德文裏卻成了von Zeit zu Zeit，不但切磋有聲，而且峨然大寫，眞是派頭十足。

德文不但子音參差，令人讀來咬牙切齒，而且好長喜大，虛張聲勢，眞把人唬得一楞一楞。例如「黑森林」吧，英文不過是 Black Forest，德文就接青疊翠地連成一氣，成了 Schwarzwald，教人無法小覷了。從這個字延伸開來，巴登巴登到佛洛伊登希特塔之間的山道，可以暢覽黑森林風景的，英文不過叫 Black Forest Way，德國人自己卻叫做 Schwarzwaldhohestrasse。我們住在巴登巴登的那三天，每次開車找路，左兜右轉目炫計窮之際，這可怕的「千字文」常會閃現在一瞥即逝的路牌上，更令人惶惶不知所措。原來巴登巴登在這條「黑森林道」的北端，多少車輛尋幽探勝，南下馳驅，都要靠這長名來指引。這當然是我後來才弄清楚了的，當時瞥見，不過直覺它一定來頭不小而已。在德國的街上開車找路，那裏容得你細看路牌？那麼密而長的地名，目光還沒掃描完畢，早已過了，「視覺暫留」之中，誰能確定中間有沒有 sch，而結尾那一截究竟是 bach, berg 還是 burg 呢？

尼采在〈善惡之外〉裏就這麼說：「一切沈悶，黏滯，笨拙得似乎隆重的東西，一切冗長而可厭的架勢，千變萬化而層出不窮，都是德國人搞出來的。」尼采自己是德國人，尚且如此不耐煩。馬克吐溫說得更絕：「每當德國的文人跳水似地一頭鑽進句子裏去，你就別想見到他了，一直要等他從大西洋的那一邊再冒出來，嘴裏啣著他的動詞。」儘管如此，德文還是令我興奮的，因爲它聽來是那麼陽剛，看來是那麼浩浩蕩蕩，而所有的名詞又都那麼高冠崔巍，啊，眞有派頭！

8

在德國，我還去過兩個地方，兩個以聲音聞名於世的地方，卻沒有聽到聲音，或者可以說，無聲之聲勝於有聲，更令人爲之低迴。

其一是在巴登巴登的南郊里赫登塔爾（Lichtental），臨街的一個小山坡上，石級的盡頭把我們帶到一座三層白漆樓房的門前。牆上的紀念銅牌在時光的侵略下，仍然看得出刻著兩行字：「一八六五年至一八七四年約翰尼斯・布拉姆斯曾居此屋。」這正是巴城有名的Brahmshaus。

布拉姆斯屋要下午三點才開放，我們進得門去，只見三五遊客。樓梯和二樓的地板都吱吱有聲，當年，在大師的腳下，也是這樣的不諧和碎音陪襯他宏大而迴旋的交響樂嗎？後期浪漫主義最敏感的心靈，果眞在這空寂的樓上，看著窗外的菩提樹葉九度綠了又黃，一直到四十一歲嗎？白紗輕掩著半窗仲夏，深深淺淺的樹蔭，曾經是最音樂的樓屋裏，只傳來細碎的鳥聲。

我們沿著萊茵河的東岸一路南下，只爲了追尋傳說裏那一縷蠱人的歌聲。過了馬克司古堡，那一嫋女妖之歌就暗暗地襲人而來，平靜的萊茵河水，青綠世界裏蜿蜒北去的一彎褐流，似乎也藏著一渦危機了。幸好我們是駕車而來，不是行船，否則，又要抵抗水上的歌聲嫋嫋，又要提防髮上的金梳耀耀，怎麼躲得過漩渦裏布下的亂石呢？

萊茵河滾滾向北，向現代流來。我們的車輪滾滾向南，深入傳說，沿著海湼迷幻的音韵。過了聖瓜豪森，山路盤盤，把我們接上坡去。到了山頂，又有一座小小的看臺，把我們推到懸崖的額際。萊茵河流到腳下，轉了一個大彎，俯眺中，迴沫翻渦，果然是舟楫的畏途，幾隻平底貨船過處，也都小心迴避。正驚疑間，一艘白舷平頂的遊舫順流而下，雖在千尺腳底，滿船河客的悠揚歌聲，仍隱約可聞，唱的正是洛麗萊（Lorelei）：

她的金髮梳閃閃發光；
她一面還要唱著歌曲，
令聽見的人心神恍恍：
甜甜的調子無法抗拒。

徘徊了一陣，意猶未盡。再下山去，沿著一道半里長的河堤走到盡頭，就為了花崗石砌成的一臺像座上坐著那河妖的背影。銅雕的洛麗萊漆成黑色，從後面，只見到水藻與長髮披肩而下，一直纏繞到腰間。轉到正面，才在半疑半懼的忐忑之中仰瞻到一對赤露的飽乳，圓軟的小腹下，一腿夷然而貼地，一腿則昂然弓起，膝頭上倚著右手，那姿勢，野性之中帶著妖媚。她半垂著頭，在午日下不容易細讀表情。我舉起相機，在調整距離和角度。忽然，她的眼睛半開，向我無聲地轉來，似嗔似笑，流露出一稜暗藍的寒光。烈日下，我心神恍恍，不由自主地一陣搖顫。她的歌唱些什麼呢，你問。我不能告訴你，因爲這是德意志的禁忌，萊茵河千古之謎，危險而且哀麗。

——民國七十五年七月二十三日

山國雪鄉

1

去年夏天在西德的高速路上，看到許多車輛的尾部掛著CH的車牌，再也猜不出究竟是代表什麼國家。不會是捷克，更不可能是中國，那，到底是那一國呢？今年五月去瑞士，看到滿街的車子都標著這兩個字母，才悟出是代表這中歐的小國。但爲什麼是CH呢，卻想不通。直到有一天，我在瑞士的一毛錢幣上看到這山國的拉丁文國號 Confoederatio Helvetica。原來瑞士古稱海爾維西亞（Helvetia），乃羅馬帝國的一省。瑞士錢幣的兩法朗、一法朗、半法朗上，只有這古稱而無今名，和她的郵票一樣。

如果你仔細看，就發現那錢幣上有二十二顆星，因爲瑞士聯邦今日雖有二十六個州，一度卻由二十二州組成。要了解異國的特色，有很多方式，有人歡喜集郵，我卻歡喜收集錢幣和鈔票。在蘇格蘭，一鎊的鈔票上是小說家史考特的畫像，五鎊的上面是詩人彭斯。在法國，十法朗上印著作曲家貝遼士，濃髮飛舞，正揚著一根指揮杖，二十法朗上是作曲家德布西，背景是海波起伏，隱然可聞交響詩 La Mer 的旋律。西班牙的百元鈔面是音樂家法耶的清瘦面容。瑞士的鈔票上卻是另一種人：十法朗上印的是十八世紀的數學家歐亦樂（Leonhard Euler），二十法朗上是十八世紀的物理學家兼地質學家梭修（Horace-Benédict de Saussure），至於百元法朗上，卻是一位外國人，意大利的建築家巴羅米尼（Francesco Borromini）。由此可見瑞士人比較崇拜科學家，否則瑞士籍的大畫家克利（Paul Klee）不至於上不了鈔票。

從鈔票上還可見瑞士的另一特色，那便是語文的多元性。德文、法文、意大利文在瑞士都是法定的語文，使用的人口比例依次是百分之六十五、十八與十二。使用德文的人雖多，但對少數語文頗爲尊重。聯邦政府的公告例皆三種文字並列，而聯邦的公務員也必須擅操其二。至於地方政府，則可視實際情況，在三語之中，指定一種爲正式語文，專作行文通告之用。例如我去參加筆會的所在地露加諾（Lugano），屬提契諾州（Ticino），居民說的是隆巴地腔的意大利語，因此意文就是該州的法定文字。我在露加諾一個禮拜，耳濡目染，也乘機學了幾打單字，可是在當地的電視上聽約翰·韋恩滿口的意大利語，卻感到十分滑稽。

瑞士的鈔票上，正面印著法文與意文，例如二十法朗的鈔票，正面就標明 Vingt Francs, Venti Franchi.，反面卻標明 Zwanzig Franken, Vantg Francs，前者當然是德文，後者呢，卻是瑞士的第四種語文，只有六萬人使用，叫做羅曼史（Romansch），乃是承襲拉丁文而來的山地方言。在同一張鈔票上，「瑞士國家銀行」的國名「瑞士」，也是四種文字並列，依次是 Suisse（法文）Svizzera（意文）Schweiz（德文）Svizra（羅曼史）。中文的瑞士顯然來自法文。

瑞士的地圖也是如此。在同一張圖上，西部的湖，在法語地區，就叫做 lac，例如日內瓦湖就叫 Lac Léman。北部和中部的湖就用德文的 see，例如君士坦斯湖英文叫 Lake Constance，瑞士地圖上卻叫 Bodensee。南部的湖則用意大利文，例如露加諾湖叫 Lago di Lugano。這種紛然雜陳的語文狀態，對於一般遊客當然頗不方便，但對於喜歡文字的人，卻十分有趣。

儘管瑞士有四種語文，在公共場所英語卻頗流行，所以能講英語的遊客在瑞士，遠比在法國和西班牙方便多了。

2

一入瑞士，就覺得這國家安詳而有條理，一切都按部就班，像一隻準確的錶。自從神聖羅馬帝國以來，瑞士的歷史就沒有發生過什麼驚天動地的大事。有人戲言，威廉·泰爾射中自己兒子頭上的蘋果，是唯一可觀的壯舉，而威廉·泰爾並非正史的人物。四百年來，這山國未遭重大戰亂。一八四七年，邀進派與天主教各州之間的內戰，歷時甚短，只死了一百二十五人。從一八一五年的巴黎條約到現在，瑞士已經維持了一百七十二年的中立。

一個國家要確保中立，得有中立的本錢：武力。瑞士的和平靠她的軍備來支持。每一位男子在十八歲到二十歲之間，要服三個月的兵役，役滿卽爲後備軍人；一直到五十歲，每年還要接受兩個星期的軍訓。我在蘇黎世機場候機，就看到附有英文的告示，說本地正在軍事演習之中。據說山區也常見行軍。後備軍人的制服和槍彈都藏在家裏，一旦國家有警，便可立刻應召。一九四〇年納粹氣焰高張，季商將軍（General Guisan）在聯邦發祥地魯特立（Rutli）召集全國的軍官，向希特勒展示兵力。除此之外，瑞士從未全國動員。世界各國誰敢像瑞士這樣藏械於民呢？令人佩服的是，瑞士家家有槍，卻沒有人拿來私用。

從社會生活到政治制度，看得出瑞士人在各方面都是富於理性的民族，一方面在民主自由的制度下容忍異己，尊重他人，一方面在守法的精神下表現自尊。在政治上，聯邦政府只掌管外交及關稅一類的大事，其他事務多由地方政府自主，所以瑞士各州的自主權大於美國各州。一個人必須先取得瑞士某州的公民資格，才能成爲瑞士公民。在宗教上，奉新教者佔百分之五十三，奉天主教者佔百分之四十五，但各州可以擇定其一爲正教，也可以一視同仁。德文、法文、意文雖然並爲法定語文，各州卻可以認定一種來使用。據說車上的司機或守衞在跨越州界的時候，話才講到一半，竟然會改口說另一種語言。

在可以選擇的時候，瑞士人崇尙自由。在不容選擇的時候，他們卻十分守法。例如抗生素之類列入管制的藥品，藥房裏明明有貨，就絕對不肯出售。我存在露加諾生病，向一家藥房買這種藥，店員告以必須有醫師的處方才敢出售。終於在藥房的推薦下，我存還是去看了一位會說英語的醫生。

搭乘公共汽車，要向站牌旁邊的售票機投錢買票，可是上下車都不驗票。若是突擊抽查時發現無票，就要罰六十倍，而且是當場付現。我們在露加諾乘了一星期的公車，從來沒見抽查，但是人人都買票上車。瑞士人不收小費，他們認爲一分錢一分貨，必須公平交易。有一次我在火車站的行李間賞兩法朗給站員做小費，他立刻有禮而又堅決地退還給我，令我印象深刻。

守時，是瑞士人的另一美德，所有交通工具都是明證。公車司機總是手扶方向盤，腳點油門，眼睛注視著電子鐘，按秒行車。時間一到他立刻開車，寧可在駛了一、二十公尺後再停下來，等待遲到的乘客。瑞士人守法，在觀念上與其說是爲了盡公民之職，不如說是爲了追求凡事做得正確，而使人人得益。精確與可靠，正是瑞士人精神之所在。小而至於鐘錶，大而至於九點三英里長的隧道，都給瑞士人一板一眼做得天衣無縫。歐洲的鐵軌縱橫，交會於瑞士，蘇黎世的火車站在最忙的季節，一天要指揮近千的班次進出。

瑞士與奧地利同爲高踞歐洲屋頂的兩個小山國，也同爲與世無爭的中立國。奧地利在七十年前由帝國改成共和，三十年前更由被人佔領的戰敗國改成中立國，其歷史早由絢爛歸於平淡，而立國之道也逐漸趨向瑞士，朝精密與可靠的工業發展。然而在心底，奧地利人仍舊神往於親切閒適之境（德文所謂 Gemütlichkeit）。畢竟維也納曾是建築與音樂之都，除巴哈以外，西方古典音樂大師不是生在奧國，就是在奧國成長；更不論無調音樂的重鎮，全由奧國一手包辦了。至於現代文學，光輝的名字也有里爾克、慕西爾（Robert Musil）、卡夫卡、卡內提。對比之下，瑞士只舉得出一位作曲家：霍內格（Arthur Honegger），但在文學上卻舉不出一位對等的大家。常有人說，瑞士人在馴服山嶽之餘，把自己也馴服了，乃以精確的效率爲務，不學奧地利人的奔放飛揚。可是天哪，能馴服磅礴凜冽的阿爾卑斯，不也是英雄麼？

3

瑞士貧於天然資源而富於風景，不但多山，而且多湖。和意大利接壤處有三個大湖，其中最小的一個，有一角伸入意大利境的，是露加諾湖，面積十九平方英里，狀若歪斜的K形。沿岸有十幾個村鎮，最大的是北岸的露加諾，人口三萬，爲提契諾州的旅遊名勝，國際筆會第五十屆年會在此召開。此地離意大利不過半小時的車程，加以居民與意大利人同種，且說意大利語，可謂典型的邊城，所以本屆年會的主題就叫做「作家與邊界文學」(Scrittori e letterature frontiera)。

瑞士地高，位於阿爾卑斯南坡的這湖，水面也海拔二七一公尺。露加諾鎮背山面湖，斜在一片坡上，下面是一泓波動的水光，向東北和南面伸展，四圍高峻的山勢也壓它不住。沿湖的人行道很長，有修剪整齊的菩提樹接陰遮頂，堤邊泊著許多縱船，正是散步的大好去處，因此行者不絕。像中歐的一般小鎮一樣，市中心是一片紅頂的樓屋，高度皆在六層上下，別有一派嫵媚而熱鬧的生氣。愈往南走，白屋就愈多，到了南郊的天堂村（Paradiso），就變成亮眼的粉白。這人行道在湖之西岸，東望湖水盡頭，有兩山峻斜入水，壯人心目，北岸的一座是一側峰，叫布瑞山，南岸是一座橫嶺，麓腳交疊之處想是湖水蜿蜒向北延去。走到天堂村的渡船碼頭，東望交疊的山腳，正好分開，卻又露出更多的層峰疊嶺，重重複複，在背後探出頭來。但這些交錯的巒頭畢竟太小了，禁不住遠處的雪山一推，只好紛紛向兩旁讓開，露出上首主客的高貴白頭。

我們住在天堂村的歐羅巴旅館三樓，落地長窗外的陽臺正對著東北偏東的這一片湖景，瀲灩的波光一路晃進房來，所以旅館就名爲 Europa au lac。羣山開處昂起頭來的雪山，白矗遠空，體魄宏偉，橫亙的山勢聳著兩座巨首，那博大的氣象不由人不肅然起敬。湖上的氣候多變，早晚的氣溫會降到攝氏八、九度，出門得披上大衣。那雪山在陰天與遠空泯化一體，或爲近霧所遮，茫然不可指認。天色一晴，赫然，它便閃現在空際，遙遙君臨著湖景，可遠瞻而不可近褻，成爲一個神聖的標記。

。湖上下過幾場大雨，來勢可驚，北岸當頭的布瑞山，綠陰與紅樓高下掩映的，一下子就吞入白濛濛的雨氣裏了。下雨也有好處，因爲第二天高山積雪加深，就更皚皚奪目。若是一連晴天，積雪漸融，山頂就只剩下縱橫的白紋如網，不復一片皓皓了。湖上北望，在布瑞山的左後方，約當四十度的仰角，還有兩座雪山前後交輝，也是晴則減白，雨則積厚，像變戲法一樣。對比起來，還是東北偏東的那一脈雪山，遠在兩排青山的缺口守住這湖鎮的歲月，更覺壯觀。夫妻兩人望之不足，全被它所懾所祟，不由自主。我沒受過目測訓練，不能決定它到底有多遠。那種氣派，至少在五十公里外吧？我在瑞士地圖上，從露加諾向東北東沿界尺畫了一條紅線，覺得線上的高峰，從二六〇九公尺的雷尼奧奈（Mte Legnone）到四〇四九公尺的貝爾尼納（Piz Bernina）都有嫌疑。爲了要留下它莊嚴的法相，有一天清晨，不到六點我們就冒著風寒去湖邊支架守候，在金曦初動的一瞬，攝下它接受萬山朝拜的威儀。阿爾卑斯南坡的夏晚頗長，我存的鏡頭更守到八點三刻，等夕照把山頭的皚白染成一片魔幻的淡薔薇色，層疊的石稜投影有如複瓣。益信莫內所說的形不長在，色不長存。

天堂村的天空反而比別處窄小，因爲有一座孤峰，樹色蒼蒼，石貌岸然，毫無藉口地平白豎起，霸佔了它南面的空間。一連幾天扭脖子迴頭，辛苦地瞻仰而難見其項背。只見雲和鳥一到了它背後，就沒有了下文。後來才知道它叫做聖薩爾瓦多山（Monte San Salvatore），與布瑞山南北對峙，平分了陰晴的天色，守衞著下面的露加諾，像一對簷納司門神。瑞士多山，召來全世界的山客，所以到處都有纜車（當地人叫 funicolare），也是瑞士人拿手的一大工程。終於等到了一個晴朗的早晨，我們便到山麓的纜車站去候車登山。

纜車半小時就有一班，雙程票每人十法朗。車廂陡斜，但座位保持水平，有如上樓的梯級，所以乘客仍可從容觀覽，不須幻覺天翻地覆。鋼纜緊張地拔河，朱紅色的纜車便攀天梯而上，平平穩穩就深入了叢陰，只覺一股寒氣襲肘而來，挾著石氣和松杉的清香。平地今晨的氣溫只有八度，這上面，恐怕又低兩三度了。

「你看那下面！」我存叫起來。

樹隙間，露加諾鎮一堆堆明麗的紅屋都落到腳下去了，遠處的羣山和其後的雪峰競相簇起——正神往之際，纜車已到山腰的中途站，寥落的乘客步下月臺，轉到另一輛紅車上，以更陡危的仰角被提上天去。「失勢一落千丈強」，韓愈的句子忽然威脅著我。這樣不停地提──升，不，提拔，要把人提到那裏去呢？

我們步出車廂，走出松林，登上四方的瞭望臺。兩人不約而同，大驚小怪地迸出一聲「啊」來。

全世界都落在腳下了，露加諾、天堂村、卡斯塔尼奥拉、美麗廸，全匍匐在絕壁一削的山腳，一角白石就遮去了半個小鎮。聖薩爾瓦多把我們擡舉到祂的額頂，到了這高度，能跟我們在同一層次對話的，只有四周這些頭角崢嶸的青山了。左近的布瑞山，紅樓錯落，散布坡間，隱隱可見一線纜車道斜上山去，像柯立基所說的放宕之罅（romantic chasm）。這座山當然是認得的，但是它肩後巍然崛起、體魄顯然更大一號的，是波利亞山嗎？轉身朝南，有長橋東西凌波，去意大利的車輛必經之地；橋對面一山突兀，有唯我獨尊之概，湖水拗它不過，只好左右分藍，迴繞而去，它，就是聖喬治山嗎？我拿著一張地形圖，蟪蛄不識春秋，妄想結交這些山嶽的長老，爲天地點名。

更不可高攀的是，即使在此高度，也徒然仰羨的，皚皚不絕，白耀今古的雪山。這些山中之聖、石中之靈，擁著純淨得近乎虛無之境，守著天地交接的邊疆，把同儕的對話，越過下面的簇簇青山，提高到雪線以上。怪不得什麼都聽不到了，血肉的年齡怎能去高攀地質學的什麼代什麼紀呢？登高望遠，不但是空間的突破，間接地，也是時間的再認。風景可以是一面鏡子，淺者見淺，深者窺深，境由心造，未始照不出一點哲學來。

4

我們去了兩趟意大利。這種便遊（side trip）算是瑞士之旅的花紅。

一趟是去米蘭的拉斯卡拉歌劇院聽音樂會。那天天色轉陰，湖風頗涼，四輛旅遊車滿載筆會作家動身時，已經快六點了。越過露加諾湖後，沿著東岸南行，峰迴湖轉，風景兼有明媚與雄奇之勝。穿過兩個隧道，便進入意大利境了，海關也不曾上車來查閱護照。一個半小時後就到了米蘭，停車在歌劇院前。

拉斯卡拉的內廳並不算大，卻很高，樓座的包廂共有六層，加起來，那全面的立體感就很高大了。地上鋪著巨幅的深紅厚毯，座位全是紅絨，映著金黃的一層層壁燈和大吊燈，氣氛溫暖而華麗，恍若回到維爾第的時代。樓下專爲招待筆會作家，樓上則是一般聽衆，不久下面的幾層也滿座了，頂層甚至也有客高棲而俯眺。各層的聽衆彼此眺望，已經夠熱鬧的了，令人想起十九世紀的多少故事。包廂裏有些盛妝的女客眞說得上是美人，使我悠然懷古，念及朱麗葉和黛瑞莎（Teresa Guiccioli）。

那晚的音樂會不是歌劇，而是鋼琴獨奏，頗令人失望。鋼琴家是刁烈（François-Joël Thiollier），一共奏了哈摩、舒伯特、蕭邦、李斯特、德布西、拉維爾等十二首琴曲，技巧雖然純熟，卻嫌下手太重，像有意凌虐鋼琴，大家都震得有點耳痲。倒是在謝幕安可時饒的一首小品，只用左手輕敲，反而滴溜清脆，令人飽享耳福，報以掌聲。散場時大家在外廳披衣等人，一面依依回顧兩壁雕刻的羅西尼、維爾第、奧芬巴赫，並仰望正門楣上的托斯卡尼尼。

另一趟是去科摩（Como），因爲更近，所以一下午便可來回。科摩湖比露加諾湖大三倍有餘，全在意大利境內，科摩城就在湖之南端，除湖景外，並以市場與大教堂聞名。車在愛國英雄加瑞波地的銅像前停下，我們就走進門口的方堡，入了號稱無物不備的市場。除了一家店門口掛著一排肥大如瓦斯筒的沙拉米香腸外，並不覺得這市場怎麼特別。我們在一家禮品店裏買了幾個大理石粉塑造的娃娃，和配色奇麗的領帶，發現店方美金與瑞士法朗都收，找給我們的卻是里拉。雖然商品的標價動輒五位數字，一千二百里拉其實只合美金一元。在回程的車上，檢視找來的零幣，發現五百里拉的錢幣（約值臺幣十二元）竟有二色，內圓金光耀眼，外面的一圈卻閃著銀輝，或有日月雙輪的寓意。我從未見過那一國的零幣設計得這麼別致。

科摩的大教堂建於十四世紀末年，裏外都顯得古舊了。淺青綠色的隆然圓頂令我想起倫敦的聖保羅大教堂，一行鳶尾形的十字架沿著屋脊的斜坡爬向塔樓，五月的白羅紗雲在後面飄捲而過，襯得塔上的聖徒益發像在風裏飛了。意大利的青空，六百年來都像這麼溫柔的嗎？裏面，卻暗得多了。從外界囂煩的市聲與世塵進來，忽然什麼全靜了下去，是怎樣的解脫。就這麼坐在信徒的長椅上，承受著各種陰影交疊而來體貼地微妙地覆在心頭的感覺，那重量，有一點像聖樂的打擊。就這麼坐在暗裏，讓七彩的玻璃長窗引來中古的天國之夢，空間泛浮著，啊，蠟燭的淡香。

蠟燭是眞的，三百里拉就可以捐獻一枝，挿到兩廂的燭壇上去，爲那千燭並列的柔黃光暈再添一蕊心香。面對這一長列的整齊燭火，我進入了催眠的恍惚：在科隆的大教堂裏也曾這樣。

5

從蘇黎世來露加諾，我乘的是瑞航的小客機，半小時的行程飛得卻不低，因爲下面不是等閒，是阿爾卑斯，歐洲的屋頂，衆山之根。那是我眼睛最忙的半小時了。蟠踞大半個瑞士，還要探爪擺尾到意大利、奧地利去，那麼一大盤輪輪困困的來龍去脈，從一尺半的窄窗裏回首俯瞰，中間阻擋著一角機翼，還有誰愚蠢的大頭——原諒我的不耐——怎麼覷得眞切呢？最高興是轉彎時機翼一沈，窗口正對著雪山，積雪之白與峭壁之黑形成驚心動魄的對比，那傲岸與磅礴，令人胸口緊壓。可惜機翼立刻又舉平了，天啓甫開卽閉。半小時的飛行，倒有二十五分鐘是浮在那一片耀眼的雪光之上，叫令人興奮而不安。但是看呢，卻沒有看夠。

所以回程便改乘火車。俯視不足，便用仰觀補償。

行前兩天，我們懷著乘自強號的心情去山上的火車站預購車票。

「後天去蘇黎世？」窗口的站員問道。「爲什麼要預訂車票呢？」

「怕人會擠呀！」我說。

「怕人擠嗎？」他驚訝地笑了。「在瑞士的火車上？」

走的那天是星期天，清早七點半我們就坐計程車趕到火車站，準備乘七點五十五分的直達車去蘇黎世。站員問我要頭等還是二等。

「二等人擠嗎？」我問。

「不會的，」他又笑了。

「那我們要兩張二等。」

「每張是四十三法朗，」他說。「你們是去蘇黎世還是蘇黎世國際機場？」

「當然是到 Zürich-Flughafen。」

他把票給我們，並且指示我們去左邊的櫃枱寄存行李。行李間的女職員聽我們說要去蘇黎世趕下午的瑞航去香港，接過我們的機票，看清楚行程之後，把兩張託運收條釘在機票上。

「好了，」她說。

「我們到蘇黎世車站再提行李嗎？」我不安地問她。

「不是的，行李會跟你們上飛機，」她說。「你們到香港那頭，當場去取就行了。託運費每件十八法朗。」

「這麼方便？值得，值得！」我再三說。

於是我們拎著小手提袋，輕輕鬆鬆地上了火車。剛剛坐定，車就開了。可容五十人的長車廂，只零落坐了五、六個人。這就是我們擔心的「擠」，想著，不禁相對而笑。瑞士的面積比臺灣至少大兩個縣，而人口只有六百三十萬，憑什麼要摩肩接踵？火車上不但人少，座位也比自強號寬，座墊厚實，色調灰而雅，兩座之間的扶手可以推貼椅背。車行迅捷而平穩，而且不播音樂。

半小時後，車到提契諾的州府貝林錯納，過此，便沿著提契諾的清流，貼著列芬蒂娜狹長的谷地攀緣北上。隧道成串而來，對峙的山勢漸漸峻拔，形貌也益見險怪。畢竟是阿爾卑斯向陽的南坡，雪山還不太多，所積也不太厚，卻已教我們夠興奮了。衆山的來勢迴龍轉脈，簇峰攢嶺，相牽相引而層出不窮。高高在上的山國，春天來得也較遲。已經是五月中旬了，半山的杉柏一半嫩綠，另一半仍然深蒼。這一帶的絕壁往往一落數百公尺，全是整幅的岩石，筋骨暴露在半空，複層的地質如神斧一劈剖開。幾乎每轉三五個峰頭就有瀑布從高崖上孤注而來，一線白光耀人眉目，落山後就不見了，想必是匯入了淺淺的提契諾山溪。看得出那溪水是怎麼冰清徹骨，因爲那是高處雪姑的化身。

鐵軌與公路或平行或交錯，在別無餘地的列芬蒂娜窄谷裏一路迤迤相隨。有時公路落在坡下，來路與去向可以指點俯覽。有時公路凌空而過，仰窺只見一叢修偉的淺灰橋柱拔上天去，像撐起一座巍峨的牌坊。公路也是現代的穿山甲，和鐵軌並進的時候，就可以看見隧道的黑口怎麼一口就把北上的汽車吞沒，又在山的後頭再吐出來。我們的眼睛當然沒有閒著，不知該驚歎造物的造山運動，還是瑞士人的穿山技巧。驚喜之情更因車行之速而增加，山頭纍纍而來，乍起的興奮立刻被後面的震撼所取代。

地勢漸行漸高，連輪下的谷地也海拔快上千尺。等到車速緩了下來，我們知道聖哥達隧道（St. Gotthard-Tunnel）到了。這隧道長九點三英里，最高點爲三七八六英尺。一百年前，瑞士的工程師與阿爾卑斯爭地，硬是頂撞山神，在祂最堅最頑的痛處，鏘鏘然穿鑿而過，南北一孔相通，山豪與石霸從此再不能壟斷一切了。

「『地崩山摧壯士死，然後天梯石棧相鈎連』，」我對她說。「要是李白跟我們一起來了，不曉得會與奮成什麼樣子。」

「眞想知道，他會寫怎樣的一首七絕，」她笑笑說。

「這隧道嘛，」我想了一下。「該讓韓愈來寫，他會寫得怪中有趣。李白，可以寫洞外的雪山。」

「這火車愈走愈慢了，」她說。

「因爲它也在地下爬坡，」我說。

車廂裏的燈早亮了，陰影在闃冥的洞壁上撲打如蝙蝠。五分鐘過去了，長若中古。窒息感、恐閉症，我們在山的隱私裏愈陷愈深。忽然有異聲自彼端傳來，先是低弱而遲疑，繼而沈重又堅定。高頻率的囂囂迎面而來，掃肩而過，一時光影交錯，在封閉的長洞裏南下的列車迅閃而逝，把迴音攪成一盤漩渦。就這麼交了兩班來車，九分鐘後，我們衝回白天，進入另一個瑞士。

這漫漫的聖哥達隧道，九分鐘之短九英里之長的地下之夜，貫穿了南北兩個瑞士，洞南說的是意大利語，母音圓融，洞北說的卻是德語，子音雜錯。同樣是山，洞以南叫 monte，洞以北卻變成 berg。剛才入洞處的小鎮叫愛若羅（Airolo），出洞口的小鎮卻叫昂德馬特（Andermatt），只聽發音就曉得別有天地。

北邊的昂德馬特海拔比愛若羅高出三七二公尺，可見隧道是向北上升。一出北口，雪山便成羣結隊而來，一峰未過，一峰又起，那麼多尊白皓皓的高頭，都在同儕的聳肩之後俯窺著我們，令人不安。其實，那只是幻覺而已。頂天立地的阿爾卑斯羣峰，巖石之長老，山嶽之貴族，凛冽而突兀的高齡與神同壽，目中怎會有人呢？我的白髮抵抗時間之風，還能吹多少年呢？祂們的白頭，昂其冰堅雪潔，在永恆之鏡中卻將常保其威嚴。

峰迴車轉，皚皚不斷，天都給照白了。左右兩邊都有成排的雪山疊肩壓來，令人難以兼顧。好在座位大半空著，由得我們這兩位山顛一會兒搶到左窗，一會兒跳去右窗，帶著半抑的驚詫，訴說斷斷續續的歎賞。有的白峰崖岸自高，昂然天外，似乎不屑與他山並驅，無論火車怎麼兜遶，都不改容。有的遠看爲峰，傲挺著孤僻，近前來時卻伸展成壯闊的橫嶺，斜曳著長長的雪坡。有的不是一座峰，是一簇峰頭聚在一起，中間平鋪著白潔無瑕的雪臺。而眞正耐看的，不是雪山純白一片，而是絕壁向陽，留不住積雪，幾幅黑壁就層次分明地刻畫了出來。每一座都值得細細瞻仰，但那能讓你從容低迴呢，隧道一條接一條兜頭罩過來，吞去了浩瀚的雪景。隧道若短，出洞時迎你的仍是送你進洞的同一座山；若是長呢，洞口早已換了天了。

瀑布仍然是有的，卻凍成百尺的冰河了。至少表面是如此，冰殼下面仍然有涓涓細流，太陽出來時，冰殼會化出一個窟窿，噴出小瀑布來。

再往北走，渺漫的水光便橫陳在左窗，雪山之陣總算讓出一片空間來。兩汪長湖夾著中間一泓小湖，依次是無奈湖（Urner See），潦澤湖（Lauerzer See），楚客湖（Zuger See）。隔著水鏡看山，正看加上倒看，實者已經若幻，虛者更增一層飄逸之美。隔水看雪山，可以盡其山勢，縱觀全景，不像偏在山腳下難見項背。加以湖長而山多，一路暢看過去，眞是肺腑滿冰雪了。

過了楚客湖，綠肥白瘦，雪山不再成羣來追。我們帶著滿足的疲倦，定下神來，靠回高高的椅背。火車穿過平野的茫茫白霧，駛向蘇黎世城。最後，我們走出火車站，卻發現不是地面，是地底。我們乘電梯升上去，門開處，已經在國際機場裏了。

——民國七十六年六月二十四日

梵天午夢

——泰國記遊之一

1

去過泰國的遊客，在回程的時候，袋裏總有幾張泰國鈔票或幾枚泰國錢幣。如果他仔細端詳，就會發現那上面的圖像都與佛教有關。泰幣一元叫一銖（baht），常被誤爲一銖；上面的圖像便是宮牆之中矗起的巍巍金塔、簇簇甍尖，玉佛寺最動人的一景。十銖和五十銖的鈔票上，正反兩面都有一個異形，鳥頭鳥足，人臂人身，頭戴高冕，臂張巨翅，表情十分威猛。如果他翻開護照，就會發現泰國的簽證章上也有這圖案。要問這是什麼怪物，只怕匆匆的遊客裏沒有幾個知道。原來這是泰國的國徽，見於一切的官方文件，叫做格魯達（Garuda）。據說那是衆鳥之王，守護神毗濕奴的坐騎。他的死敵是蛇王納加（Naga），也是他同父異母的兄弟，因此鷹蟒常作殊死之鬥。足見佛教在泰國頗有印度教的成分；至今泰王宮中的盛典仍由婆羅門的祭司主持。

鳥王格魯達和蛇王納加的形象，在泰國隨處可見。納加的造形有一點像中國的龍，只是軀體較為短胖，其首若眼鏡蛇，每呈複疊狀，多達七頭。相傳七首的納加曾經蔽護過冥坐的佛陀。在泰國傳統的欄杆上，常見他奮然昂首，令人不安。我喜歡泰國的原因，主要在佛教，在其金碧輝煌的異國形象與神祕感。所以我婉謝了朋友為我安排的巴塔牙之行，寧可留在曼谷看寺。

我存和我什麼教徒都不是，卻最愛看廟看寺。在京都，我們流連佛寺的古風與禪味。在歐洲，我們仰瞻低迴的也盡是巍峨的教堂。

從十三世紀的素可泰王朝（Sukhothai Dynasty）以來，佛教早成了泰國的國教。佛教自印度北傳，至尼泊爾、西藏、中國、韓國、日本，是為大乘佛教（Mahayana Buddhism）；南傳至於錫蘭，是爲小乘佛教（Hinayana Buddhism）。泰國所受者乃錫蘭的小乘（在泰國又稱 Theravada），其宗教生活以三寶(Triratana)爲中心，亦卽佛、法、僧（Buddha, Dhamma, Sangha）：佛像供於寺內，亦供於家中；佛法在寺院與學校都要講授；至於僧侶，則處處可見。每日淸晨，滿街都是成羣出來化緣的沙彌，菩提的綠陰下飄動著鮮黃的袈裟。在泰人的眼中，化緣不是和尚行乞，而是讓施主有機會行善，眞是善哉。迄今泰國五千三百萬人之中，仍有百分之九十五信奉佛教，每個青年至少要做三個月的和尚，而以七月月圓之日爲閉關之始。那一天泰語叫 Asanha Bucha，用以紀念釋迦初次對最早的五位徒弟講道。此外，當今節基王朝（Chakri Dynasty, 1782- ）的泰王蒙谷拉瑪四世，登基不過十七年，在登基之前卻爲僧二十七年，可見僧侶在白象王國的地位。

2

曼谷的佛寺有四百多間，論地位之高，名氣之大，當然首推玉佛寺(Wat Phra

Keo，英文叫做 Temple of the Emerald Buddha）。我到曼谷的第三天上午，有緣去瞻仰一番。

粉白的宮牆延伸如一列幻象，忽然浮現在眼前，關不住滿宮的塔尖和甍角，一片亮金和暖眼的橘紅，已經在半空照耀著我們了。以後的三小時，我們就迷失在一場燦爛的午夢裏，至今尚未全醒過來。

最奪目的色調是金黃，來自一排排一簇簇的紀念塔。最顯赫的一座是倒鐘形的圓錐體，上面貼滿了金葉，據說是錫蘭傳來，叫做吉地（chedi），乃泰王蒙谷拉瑪四世所建。另有兩座金塔，像刻成臺階的金字塔，叫做窣堵波（stupa）。這三座擎天巨塔襯著天藍，十分光燦，在近午的豔陽下，更絢爛得耀人眼花。向東聳立，靠近迴廊的是一排八座普朗（prang），其狀頗似中國的寶塔，頂上也有七級浮屠，但體魄比較厚實，四周的花紋非常精緻，不像中國的寶塔那麼玲瓏尖拔。這種普朗塔是仿自高棉的佛寺，最聞名的當然是吳哥寺（Angkor Wat）。吉地金塔的斜對面就有吳哥寺灰石的模型，具體而微，令人恍若身在高棉，從半空俯窺。泰國不能忘情於吳哥，只因高棉曾經是她的藩屬。

金色之外是橘黃色，那層層交疊的圓瓦，像整齊而精緻的魚鱗，在高峻的屋頂一路瀉了下來，極有氣派。巨幅的橘色瓦四周，更鑲了翠綠的邊，對照得異常鮮麗。有時那組合倒過來，屋頂的百尺長坡盡是稚嫩的綠瓦，四周卻襯以烘眼的亮橘。小乘佛寺的配色高妙之至，明豔到了含蓄的邊緣，而能恰好避免庸俗。梵宇的殿堂亭塔，金閃閃的主色底下，往往襯以嫩綠或寶藍，匹配的悅目效果，令仰觀的信徒不能移目。玉佛寺正殿的三角牆上，那一叢金葉的下面覆蓋著的，正是高雅聖潔的寶藍。眞是大開眼界了。曼谷四日，我這唯美主義的眼瞳可謂嬌養成癖，一回來，就不慣了。

那一叢墊藍的繁金，遠望金碧不可開交，近前細細仰望，終於把密疊的形象分辨了出來。原來正中是威猛奮發的萬禽之王格魯達，掌中握的，腳下踹的，正是盤旋不馴的蟒王納加。格魯達的肩頭立著一位高冠的天神，想必就是印度教的守護大神毗濕奴了。再細看時，四周的盤蟒交纏如藤，中央都端坐著一個小毗濕奴，說得上眞是金碧交加。

這格魯達的雕像，怒目張臂，巨喙昂揚，踏大蟒在腳爪下，蟒的長尾兀自翹著，正在使勁掙扎。張力逼人，比起希臘的雕像萊阿孔（Laokoön）或艾爾・格瑞科的名畫來，並不遜色。小乘信徒把他奉爲辟邪的吉兆，他的悍姿到處可見。沿著玉佛寺正殿的牆腳，在琺瑯藍嵌珠母白的圖案下面，就整整齊齊排列著一百十二座護寺的格魯達。戒備這麼森嚴，想必任何妖怪都不敢狎近了。

禽王之外，蟒王納加的複首蛇身也是泰國常見的形象，甚至成了流行的裝飾。我住的文華酒店裏，欄杆頂上就飾有此物。佛寺的屋簷四角，看來如翼而欲飛起的，其實都是蟠蜿的納加，可以說就是泰國的龍了。

比納加更引人注目的，該是屋脊兩端的翹發（chofa）。泰國的天空一定被成千上萬的這種尖角搔得發癢。從美學的觀點看去，那一層層高屋建瓴的屋頂眞像是斜上天去的峻坡，仰望的目光要努力攀爬。那些頭角崢嶸的翹發，背負著藍空，就像巍立在坡頂的一羣山羊，挺著彎而長的尖角，還垂著鬍鬚。其實那些翹發的造形，是鳥頭鳥頸的延伸，也是禽王格魯達的象徵，怪不得滿天都是。寺廟原是人與天的交際，建築上該有升騰的感覺。懸在我們額頂的這些高坡已有朝天之勢，上面的鳥頭探望天外，更有飛升之想。潛移默化，當然激起信徒仰禱的願望，善哉！翹發在泰文裏的意思，據說是天穗（sky tassel），名字眞美。不過一般的流蘇都是垂下，唯獨翹發是向上挑揚，眞不愧是天流蘇。根據泰國建築的傳統，寺廟落成之時，要先舉行一場典禮，才能爲屋脊裝上這些天穗。

寺內的雕像極多，有如露天的大美術館。最懾人的是一尊尊矗立的夜叉，高盔峨然，全身甲冑，兩腿微分，兩手則在胸前合握著一根比碗口還粗的金剛巨杵。袍甲上面都飾有金色的花紋，圖案十分精細，金紋下面還有各殊的底色，配得鮮麗悅目。連那根金剛杵也用這樣的配色，裝飾得一絲不苟。對照之下，臉上的表情就顯得更加猛烈：兩眼突兀而圓睜，一圈眼白把瞳仁反托得分外獰惡，一列裸露的白齒裏伸出尖長的犬牙，正合了中國舊小說所說的「青面獠牙」。但是並非每一尊夜叉都是青面，而是面色各殊，窮極變化。我站在這些凶神惡煞的腳下戰戰兢兢地仰望威儀，想起「丈二金剛，摸不著頭腦」，忍不住要發笑。可是頂上這些凶神，每一尊都高近二丈。

不過另一組雕像卻嫵媚迎人，顯然是女性。其狀半人半獸，約有一個半人高，據說是喜馬拉雅山上的森林之神。書上說她有人首人身，鳥翼鳥足，其實玉佛寺裏的那幾尊，上半身固然是女人，腰以下卻顯然是一匹母獅。不論她究竟是什麼，只見其背挺直，其乳豐隆，腰細而腿長，全身的曲線流利而有彈力，堪稱健美，後面還昂然揚起一條獅尾，更添婀娜搖曳之姿，側面看去，尤其誘人。她戴著上聳層塔的高冠，和一圈又一圈密接的項鏈，乳罩周圍鑲著花邊，上臂和手腕都戴了金鐲，上嵌血紅的寶石；她雙掌合十，手指纖長，令人想起泰國舞女。也有兩尊是一手扶腰，一手拈花而嗅。臉上的表情若羞若笑，彎彎的眉下，柔目閉而欲開，神祕的風韻不輸蒙娜麗莎。這女神名叫擒娜施（Kinnari），其男性則名奇納拉（Kinnara）。

奇納拉的臉相極肖夜叉，倒是長了鳥尾。另一種雕像則是托塔的夜叉。這些夜叉的造形跟鎭守廟門的那一排手握巨杵者相似，不過爲了托住金山一般的層塔，不但要用頭頂，用手掌力撐，更張開馬步，降低重心，沈住一口氣，把萬鈞重壓之勢匀分在兩腳。可憐這許多蠻君鬼伯就這麼忍負著千古的重擔，壓得臂彎而膝扭，永遠直不起腰來。這托塔的羣像，不言而喻地，把金塔鎭地的分量強調了出來。

正是夏雨初歇，地上還汪著一片片的水漬，太陽又露出臉來。一刹那這金黃的世界轟地燒起，空氣裏抖動著金芒似網，煌煌，煥煥，迎光的輪廓，忽然失去了界線，像熔漿燒化了，流動不定。廣覆在大平臺石階旁的一棵大菩提樹上，傳來類似八哥的啁啾，不斷翻弄著巧舌。一陣風起，大殿高簷上懸掛的銅鈴鏗鏗叩鳴，此起彼落，傳遞著清空的情韻。階下的大水缸裏平鋪著翠葉，一朵紅蓮靜靜地開著。

爲了避日，我們躲到南邊的迴廊上去。長長的迴廊把偌大一座玉佛寺護衞在中間，上面覆著三層橘色瓦的屋頂，下面還撐著白柱。廊壁一幅又一幅接過去，巨幅的壁畫氣象宏偉，連環圖一般也遞接過去，幾千尺橫陳的空間，伸展著動人心魄的壯麗史詩，正是古印度《拉瑪耶那》的神話。故事說的是阿約德耶王子拉瑪，原是守護神毗濕奴輪迴轉生，因拉動神弓而贏得喜妲爲妻。錫蘭的魔王剌瓦那將喜妲擄去，拉瑪得猴仙哈努曼之助，以猴架橋，得渡海峽而救回妻子。這壯闊的史詩要用兩萬四千對偶句才說得完，可見壁畫有多大的場面。我們一路追看過去，因爲拉瑪五世所撰的說明是用泰文，只能憑畫面大約猜想。畫裏的宮殿建築，一眼望去，屋脊尖翹成一簇簇的天流蘇，屋頂斜成陡峭的瓦坡，顯然都是泰國風格。既然畫的是錫蘭與印度，可見泰國的小乘藝術確是經由錫蘭傳來。同時，《拉瑪耶那》傳來泰國後，曾經節基王朝的拉瑪一世改編成戲劇，叫做《拉瑪根》(Ramakien)；玉佛寺長廊的壁畫便以此爲本。

最生動的一幕是猴仙哈努曼臥在海峽上，讓猴子大軍攀尾爬背而渡。猴仙的臉形有點像夜叉門神，他的神通廣大，淘氣善變，正與孫悟空相通。非常有趣的一點，是畫中的山水層次井然，色彩鮮麗，儼然是西方文藝復興的透視規模。

3

終於我們懷著虔敬的心情，來到莊嚴而華麗的玉佛大殿階前，隨著衆人把鞋子脫下，放在長木架上，塵埃不沾地攀級而上。殿有三層瓦頂，斜簷上蟠著如蛟的蟒王納加，四壁的礎石上排列著多少尊格魯達馴伏納加的鍍金塑像。高聳的牆壁在琺瑯瓷上鑲滿了珍珠母，反光的時候有一種浮晃而游移的幻覺。

頂著金冠的高門開在臺階的頂端。進得殿去，肅然無喧，滿堂的善男信女跪了一地，泰人、華人、西人，都仰望著高處供著的玉佛。從我坐的花瓷磚地上仰望，那億萬信徒矚目的玉佛端坐在五十度的仰角，兩腳交疊，雙手也交疊，掌心向上，正是佛像中「冥想」的坐姿，梵文叫做「三摩地」(Samadhi)，亦即「三昧」。層層的神壇一路疊上去，象徵著印度教衆神所駕的飛車，最高的兩層看得出是一排格魯達合力舉起了衆神，再往上，就是佛陀的蓮座了，背後更撐起層疊的黃傘。

這一尊小乘佛教觀瞻的焦點，是泰國最神聖的國寶。泰國人稱祂爲 Phra Keo，英文稱祂爲 The Emerald Buddha，其實不是翡翠，而是從一整塊碧玉中細雕出來的。相傳這是衆神造來送給錫蘭蟒王的禮品，又據說祂最早出現在世上，是在十五世紀的泰北，當時表面敷著灰泥，供於昌萊（Chiang Rai）的一座寺塔。一陣暴風雨之中，電殛塔毀，方丈把泥像帶回僧舍。有一天，他發現泥像的鼻子怎麼剝落了一塊，裏面露出了碧綠。他把灰泥一起剝去，裏面赫然是這尊碧玉佛像。

當時，昌萊城是在清邁治下。消息傳開，清邁國王桑方堪立刻派出一頭象去迎佛進京，但是那頭象到了三岔路口，竟改向而去南邦（Lampang），一連三次都如此。清邁王領悟玉佛之靈立意要去南邦，乃許其留在該地。過了三十二年，到一四六八年，清邁王狄洛卡才把玉佛接去京城，供於琅塔的東龕。

又過了八十多年，到了一五五一年，清邁王死去，卻無太子繼位，幸有公主在寮國爲后，生王子柴捷達。羣臣乃議迎寮國王子來做清邁的新君。次年，寮王去世，這位清邁客君思歸心切，乃於一五五二年回去寮京琅勃拉邦。(Luang Phrabang)，臨行對清邁的羣臣說，他會回來。結果他一去不返，也不送回玉佛。十二年後，緬甸來犯，柴捷達不敵，被逼遷都永珍(Vientiane)，玉佛遂在新都長供了二百十四年之久。

直到一七七八年，正值華人鄭昭統治泰國的吞武里(Thonburi)王朝末年，大將節基(Chakri)領兵攻下永珍，才把玉佛迎回國來。四年後，節基自立爲王，建立了曼谷王朝，成爲開國之君拉瑪一世。一七八四年三月二十二日，他把玉佛從故都吞武里迎過湄南河來，遷入新京曼谷，在隆重的典禮中供奉到新蓋的玉佛寺內。從此這歷經劫難的靈玉成爲天佑泰國之寶。

玉佛的坐像加上像座，高六十六公分。一般都認爲此像發現於一四三四年，造像之年亦不過稍早，應屬北泰風格。同時，玉佛疊掌疊腿的「沈思」坐姿，在泰國的佛像雕刻藝術中乃屬罕見，卻近於印度南部及錫蘭的風格，所以其來源當爲錫蘭或南印。自從拉瑪三世以來，玉佛每年都要易裝三次，那就是各在夏季、雨季、多季開始的一天，典禮隆重，均由泰王親手換衣。

那天近午時分，我們進了正堂，隨衆跪坐。因爲走累了，我只是坐在瓷磚地上，雙手撐在身後，雙腿自然而然就向前直伸。不一會，人影閃處，警衞忽然走了過來，對我指指點點，聲音雖然低抑，卻顯然透著不悅。經同遊的符傳文先生解釋，原來在泰國，以腳底對人乃是失禮，何況此刻我腳底對著的，竟是曼谷王朝最神聖的國寶。我立刻縮回罪惡的雙腳，屈起膝來。經此一斥，我非但不惱，反而對泰國增加了好感。

升堂要先脫鞋，既入堂則必須跪拜，且不得喧鬧，這正是對神明的崇敬，未可全以迷信視之。敬神的民族總能贏得我的尊重。敬神，則在道德之上，冥冥中還有一更高的秩序在提升，在援助，在監督，總多了一種約束力。宗教的效果，積極則爲敬，消極則爲畏。舉頭三尺若有神明，所以君子敬之，小人畏之。一個民族，等到君子不敬，小人無畏，就不可收拾了。臺灣遍地是廟，似乎是敬神之邦，可是我不能感受到信徒的虔敬精神。相反地，用擴音器來擾人，用色情來酬神，祈禱只爲下注，賭輸了竟斬神頭以洩憤，凡此不但失敬，而且無畏，簡直可悲。

此外，佛要金裝，雖是一句俗話，卻有至理。不論是寺廟或教堂，若是不美，總不能動人。若是醜呢，就更難教人信了。所謂美，倒不一定要怎麼堂皇，像日本京都的禪寺，清靜雅潔，松竹幽深，香火肅穆，也能令人心折。至於曼谷佛寺的金碧輝煌，亭塔爭光，外則夜叉守門，神鷹耀武，內則佛相莊嚴，無論坐姿或臥態，都令人敬畏，卻又不失慈悲。黃傘所覆，蓮臺所托，那大氣磅礴的姿勢，或卽神的肢體語言吧，是那麼單純而有深意。再仰瞻那顏面的表情，是那麼含蓄而內斂，長眉修目，豐準寬脣，垂耳幾乎及肩，那隱然垂視而欲俯首下心、擔負世間一切苦難一切罪孽的心腸，令人一望而知其爲大徹大悟。這樣的臉譜，若是眞人，恐怕未必好看。但當佛相來拜，卻無比動人而觀之不足。基督教神像與聖徒的臉譜，雖也莊嚴，卻太寫實，太像眞人了，稍欠神祕的距離。

佛家告誡：色卽是空。然而這一切金碧輝煌、法相莊嚴，豈非都是鏡花水月？大概我六根不淨，六塵猶染，尚在色界與衆浮沈，離無色之界尚遠。對我而言，佛是宗教，更是藝術。對我而言，要入眞與善，仍須經由美的「不二法門」，可謂妄矣。不過對於芸芸衆生，寺廟之美仍是眼根耳根，不得清淨，也無須戒絕吧？

想到這裏，我以手支地，權緩腿痠，心猿意馬仍隨目光向四壁馳騁。在玉佛的金壇前方，另有七層的神壇，左右各一，上面各立一尊佛像，高三公尺，立姿均爲上臂貼腋，前臂平伸，兩掌向前而五指向上。據說這是立佛雕像中的馴海之姿（Abhaya Mudra）。青銅塑造的佛像都鍍了金，華麗非凡的塔形皇冠及衣飾上鑲滿了寶石，實在不是一眼就能盡覽。拉瑪三世把兩尊巨像獻給他的先王拉瑪一世與二世，那臉形如蛋，橢圓而尖，蛾眉鳳眼，秀氣靈動，線條饒有抽象之美。

在玉佛的高階寶座上，由上向下，成雙地排列著十尊較小的立佛，手勢與裝飾也具體而微，是曼谷王朝歷代的君主立來獻給拉瑪三世以前的皇室貴人。這些，跟下方的兩尊巨像相似，也都是踏著蓮臺，遮著橘黃色的疊傘，只是傘僅五層，不像巨像那麼共有七層。

壁畫也是如錦添花，令人無暇注目，逐一細看。壁上的大平面是另一空間，另一世界，使地上的世界顯得多麼單調而寒酸。壁畫是塵世之窗，開向神明。在玉佛背後，西面的壁上是佛教的三界，依次是欲界、色界、無色界。東面的壁上繪的是佛陀的覺悟。南北兩壁的衆窗之間，敍述釋迦牟尼前世的五百五十身輪迴，謂之闍多迦(Jataka)；窗的上方展示的則為釋迦的生平。北壁的下方，車騎浩蕩，象座巍然，是王輦陸上出巡。南壁相對的部分，則是河岸上的行列。諸天的神佛，滿目的妖魔，無數的劫難與輪迴啊，將我，這麼一個小根小器的迷人，高速、加速的漩渦一般車輪轉圜在中間。我的色蔽之目從來沒有這麼忙過，慾蔽之心更從未這麼亂過。壁上的眼睛都在看我，悲憐地看著我麼，看著我，問我何時才能掙脫幢幢的八邪，跳出熊熊炙人的火宅？一剎之間，心念幾度飛越了新羅，千劫萬劫都似已失去——

出得寺來，曼谷的車潮洶湧依舊，菩提樹成行的林蔭道旁，日影似乎沒移動幾寸。

——民國七十七年五月二十九日

禽王格魯達

蛇王納加

夜叉（藥叉）

森林之神旖娜旋

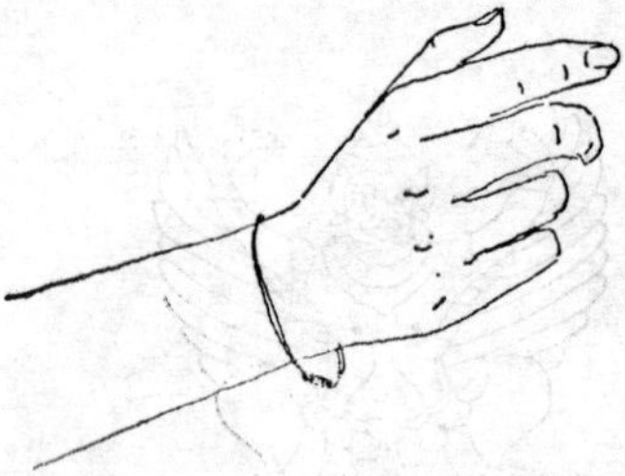

黃繩繫腕，可以辟邪

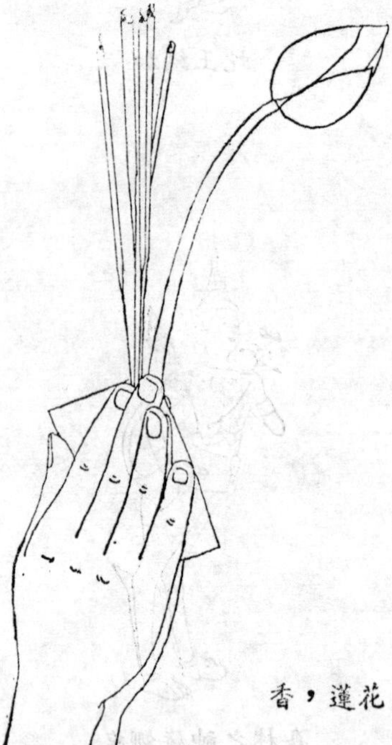

香，蓮花，和棉紙包住的金箔

黃繩繫腕

——泰國記遊之二

從泰國回來，妻和我的腕上都繫了一條黃線。

那是一條金黃色的棉線，戴在腕上，像一環美麗的手鐲。那黃，是泰國佛教最高貴的顏色，令人想起袈裟和金塔。那線，牽著阿若他雅的因緣。

到曼谷的第三天，泰華作家傳文和信慧帶我們去北方八十八公里外的阿若他雅，憑弔大城王朝的廢都。停車在蒙谷菩毘提佛寺前面，隔著初夏的綠陰，古色斑斕的紀念塔已隱約可窺，幢幢然像大城王朝的鬼影。但轉過頭來，面前這佛寺卻亮麗耀眼，高柱和白牆撐起五十度斜坡的紅瓦屋頂，高簷上蟠遊著蛇王納加，險脊尖上鷹揚著禽王格魯達，氣派動人。

我們依禮脫鞋入寺，剛跨進正堂，呼吸不由得一緊。黑黯黯那一座重噸的，什麼呢，啊佛像，向我們當頂纍纍地壓下，磅礡的氣勢豈是仰瞻的眼睫所能承接，更那能望其項背。等到頸子和胸口略為習慣這種重荷，才依其陡峭的輪廓漸漸看清那上面，由四層金葉的蓮座托向高處，塔形冠幾乎觸及紅漆描金的天花方板，是一尊黑凛凛的青銅佛像。祂就坐在那高頭，右腿交疊在左腿上面，腳心朝上，左手平攤在懷裏，掌心向天，右手覆蓋在右膝上，手掌朝內，手指朝下，指著地面。從蓮座下吃力地望上去，那圓膝和五指顯得分外地重大。

這是佛像坐姿裏有名的「呼地作證」（Bhumisparsa Mudra），又稱為「降妖伏魔」（Maravijaya）。原來釋迦牟尼在成正覺之前，天魔瑪剌不服，問他有何德業，能夠自悟而又度人。釋迦說他前身前世早已積善積德，於是便從三昧的坐姿變成伏魔的手勢，以手指地，喚大地的女神出來作證。她從長髮裏絞出許多水來，正是釋迦前世所積之德。她愈絞愈多，終於洪水滔滔，把天魔的大軍全部淹沒。釋迦乃恢復三昧的冥想坐姿，而入徹悟。曼谷玉佛寺的壁畫上，就有露乳的地神絞髮滅火之狀，而衆多魔兵之中，一半已馴，一半猶在張牙舞爪。

一說此事不過是寓言，只因當日釋迦樹下跏趺，心神未定，又想成等正覺，又想回去世間尋歡逐樂。終於他垂手按膝，表示自己在徹悟之前不再起身的決心。然則所謂伏魔，正是自伏心魔。還是長髮生水的故事比較生動。

想到這裏，對祂右掌按膝的手勢更加敬仰而心動，不禁望之怔怔。後來問人，又自己去翻書，才知道這佛像高達二十二公尺半，鍍有緬甸的金，鑄造的年代約在十五世紀後半，相當於明英宗到憲宗之朝，低眉俯視之態據說是素可泰王朝的風格。一七六七年，緬甸入寇，一舉焚滅了四百十七年的大城王朝。據說泰國最大的這尊坐佛當日竟無法擄走，任其棄置野外，風雨交侵。也就因此，這佛像看上去頗有滄桑的痕迹，不像曼谷一帶其他的雕像那麼光鮮。祂太高大，何況像座已經高過人頭了，實在看不出那一身是黑漆，或是歲月消磨的青銅本色。只覺得黝黑的陰影裏，那高處還張著兩隻眼睛，修長的眼白襯托著烏眸，正烱烱俯視著我們，而無論你躲去那裏，都不出祂的眸光。

佛面上一點鮮麗的朱砂，更增法相的神祕與莊嚴。但是佛身上還有兩種嫵媚的色彩。左肩上斜披下來的黃縵，閃著金色的絲光。攤開的左掌，大拇指上垂掛著一串繽紛的花帶，用潔白的茉莉織成，還飄著泰國蘭裝飾的秀長流蘇。這花帶泰語叫做斑馬來（Puang-Ma-Lai），不但借花可以獻佛，也可送人。

「你們要進香嗎？」傳文走過來說。

「要啊，」我存立刻答道。

「香燭每套十銖，」傳文說。

我們向佛堂門口的香桌上每人買了一套。所謂一套，原來就是一枝蓮、一枝燭、三根香，還有一方金箔，用兩片稍大一些的米黃棉紙包住。我們隨著泰國的信徒，走到蓮座下面的長條香案，把一尺半長的一枝單花含苞白蓮放在一只淺銅盆裏，再點亮紅燭挿上燭臺，最後更燃香挿入香爐。蓮是佛座，燭是覺悟之光，至於三根香，則是獻給佛祖、佛法、僧侶，所謂三寶。爐香嬝嬝之中，我們也與衆人合掌跪禱。

「這金箔該怎麼辦呢？」我問一旁的信慧。

「撕下來，貼在佛身上，」她說。

「泰國人的傳統，」傳文笑說，「貼在佛頭，就得智慧。貼在佛口，就善言辭。貼在佛的心口呢，就會心廣體胖。」

我舉頭看佛，有五、六層樓那麼高，豈止是「丈二金剛，摸不著頭腦」？蓮臺已經高過我頭頂，「臨時抱佛腳」都不可能。急切裏，分開棉紙，取出閃光的金箔。怎麼辦呢？一看，也有人乾脆貼在蓮座底層，就照貼了。回頭看我存怎麼貼時，她已貼好，正心滿意足地走了過來。原來龕下另有一座三尺高的佛像，臉上、身上貼滿了金葉。

「你們要是喜歡，」信慧說，「還可以為黑佛披上黃縵。」

她把我們帶到票臺前面。一只盛著黃線的盒子上寫著：「披黃縵，一次一百三十銖。」那就是臺幣一百五十多元了。

「怎麼披呢，這麼高？」我問。

「他們會幫你做的，」信慧說。

我立刻付了泰幣。那比丘尼從櫃裏取出一整疋黃縵，著我守在蓮壇下面。不久，有聲從屋頂反彈下來。仰望中，人頭從佛像的巨肩後探出，一聲低呼，金橘色的瀑布從半空瀉落下來，兜頭潑了我一身。黃洪停時，我抱了一滿懷。但是也抱不了多久，因為黃緩的那一端她開始收線了。白帶子收盡時，金橘色的瀑布便回流上升。這次輪到我放她收。再舉頭看時，我捐的黃縵已經飄然披上了黑佛的左肩。典禮完成。

我捐黃縵，不全是為了好奇。當天上午，在曼谷的玉佛寺內，我隨衆人跪在大堂上時，無意間把腿一伸，腳底對住了玉佛。那要算是冒犯神明了，令我蠢蠢不安。現在為佛披縵，潛意識裏該是贖罪吧，冥冥之中或許功過能相抵麼？

《六祖壇經》裏說，梁武帝曾問達摩：「朕一生造寺度僧，布施設齋，有何功德？」達摩答曰：「實無功德。」每次讀到這一段，都不禁覺得好笑。豈知心淨即佛，更無須他求。韋刺史以此相問，六祖答得好：「武帝心邪，不知正法。造寺度僧，布施設齋，名為求福，不可將福便為功德。功德在法身中，不在修福。」只要心淨，無意之間冒犯了玉佛，並不能算是罪過。另一方面，燒香拜叩，捐款披袈，連梁武帝都及不上，更有什麼功德？

想到這裏，坦然一笑。走去票臺，向滿盛黃線的盒中取出四條。一條為我存繫於左腕，一條自繫，餘下的兩條準備帶回臺灣給兩個女兒。

這美麗的纖細手鐲，現在仍繫在我的左腕，見證阿若他雅的一夢。

——民國七十七年五月三十一日

耶釋同堂

——泰國記遊之三

那天下午，我們一行四人在幢幢的殘柱與廢塔之間，憑弔大城王朝四百年的盛世，與佛曆二三一〇年緬甸兵燹的惡魔，不能相信，這一片頹石與茂樹，六百年前曾經是三座皇宮和四百座佛寺。低迴之中，日影忽已西斜。傳文說歸途還有暹羅的暑宮可看，不如早去。於是我們沿著湄南河向南而行。

到挽芭茵（Bang Ba In）已經四點半，不能入宮參觀了。好在宮外的小湖，湖心的亭塔，仍可流連一個初夏的黃昏。

挽芭茵曾是歷代泰王的暑宮，早在三百五十年前，大城王朝已經把這塊河島建爲佛寺與皇宮，周圍還闢出四百公尺的湖來。過了一百三十多年，大城的繁華被緬甸燒成焦土，新王朝南遷，挽芭茵也隨著淪爲廢宮。直到十九世紀中葉，泰王蒙谷拉瑪四世（King Mongkut Rama IV）才加以修建，並改乘汽船由水上來遊。其子朱拉隆功（King Chulalongkorn Rama V）也因喜歡此地，續加經營。不幸在一八八〇年，亦即他繼位的十二年後，皇后蘇南妲（Sunantha）和三位王子一同溺死在湖裏。當時在場的宮人，誰也不敢伸手援救，因爲觸摸皇室之人就是犯了死罪。

但那已經是百年前的悲劇了，眼前的湖水一泓清澈，看上去完全是無辜的樣子。湖心的高亭，叫做愛沙旺·蒂巴雅亭，坐落在一個用石柱架空的平臺上，四面都是白石的雕欄。亭的本身有層層相套的三疊屋頂，角度很陡，如鱗的屋瓦織錦一般由裏向外排成赭、橙、綠三色，白屋脊的尖端揚起梳風鈎雲的天穗（chofa）。更向上則是金盤相疊的層塔，塔尖纖挑直立，像爲這寶亭戴一頂暹羅皇冠，富麗而高貴。而撐起這一切的，是飾有金色圖案的排柱。與其說這是涼亭，不如說它是沒有牆壁的水殿，遠遠望去，用白臺托起的這一盤建築，華貴之中，另有一種透徹而俊拔，飄舞而欲飛之勢。僅僅如此，已經十分可觀。正好這時迎著落照，金塔彩瓦，原來的燦爛更添光芒，益發地炫人眉眼。倒影落在水上，複印著空幻和迷離，不可思議。偏有不甘寂寞的晚風，趕來攪局，助長了倒影的靈動之態，漣漪生處，一時流彩翻金，不能自已，若非被亭腳的成排石柱挽著，只怕全會隨波而去。

一片菩提樹葉落向湖波。大城王朝四百年的壯麗風流，到頭來也無非一片落葉、半湖倒影吧。

轉過頭來，是一座白色的石橋，燈柱與雕像很有歐洲古典風味，想入夜之後，湖景當更溫柔動人。我們不約而同地步上橋去。果然是西歐的景觀。乳白的玻璃燈罩四條黑邊，長方形上端稍大，很是悅目。那雕像，有天使，也有裸體的希臘女神，令人恍若走在塞納河上。

「泰王的暑宮倒很有西方風味，」我說。

「對啊，」傳文笑笑說。「從泰王拉瑪四世起，泰國的門戶才對西方開放。泰國人開始學英文，就是他創導的。這位蒙谷國王在登基之前就跟西方人士頗有交往，不但學英文，還學法文跟拉丁文呢。」

「滿有意思，」我說。「聽說電影片『The King and I』演的就是他。」

「『國王與我』裏的泰王正是拉瑪四世，」傳文說。「那影片所根據的一本書，是來泰國敎幾個王子的英國女敎師寫的——」

「電影裏的國王相當專橫，」我存說。

「其實是寃枉的，」傳文急忙辯正。「拉瑪四世其實人很開明，泰國的啓蒙沒有他還不行呢。在他之前，泰國的傳統不准皇族與大臣離開曼谷，只有打仗是例外。蒙谷國王卻破天荒，派了一個特使團去向維多利亞女皇呈遞國書。」

「好萊塢總是愛加油添醋，」我存說。

「可不是，」傳文笑起來。「所以『國王與我』在曼谷禁演。」

「應該的，應該的，」我說。

「那，英國家庭敎師敎出來的小王子呢？」我存頗爲關切。

「其中一位就是後來的拉瑪五世，」傳文說。

「就是朱拉隆功吧？」我問。

「對，就是他，」傳文說。「他是泰國最受崇拜的國王，被尊爲『畢雅大帝』。

現今的曼谷王朝，兩百年來能在列強之間長保獨立，而周圍的國家先後都曾經淪亡給西方，跟皇室開明而外交高明很有關係。朱拉隆功的貢獻尤其重要：什麼奴隸解放、教育改革、宗教自由等等，都是他促成的。」

「泰國不是以佛教爲國教嗎？」我訝然。

「不錯，連國王也奉佛教。拉瑪四世在登基之前，就足足做了二十七年的和尙。可是拉瑪五世，也就是朱拉隆功，並不排斥其他宗教，只是任由人民自己選擇。非但如此，他還撥出地來，讓人蓋淸眞寺和基督教堂。」

「眞了不起，」我說。「從照片上看來，他有點像孫中山先生呢，儀表不凡。」

「嗯，是有點像，」傳文尋思道。「跟留鬍子不無關係。泰國的現代化很多是他推動的。例如，從他起，官吏朝見國王不用再爬跪在地上，而改成坐椅或站立。宴客時不再用手抓著吃，改用叉匙。又引進陽曆來計算月日，不再用半月一計的舊曆。最有趣的是：以前的官吏嚼檳榔，牙齒發黑，西方人見了害怕；於是規定牙齒必須刷白——」

大家的笑聲中，我連忙說：「連安南人也是嚼得一嘴黑的。抗戰時，我從安南乘火車去雲南，就看見過。」

「在臺灣卻是一嘴紅，」我存笑說。

「泰國人現在倒不嚼檳榔了，」信慧也笑起來。

大家一面說笑，一面早已過了石橋，沿著修剪齊整的宮外草地，向湄南河岸走去。夕陽裏，河水渾渾地南流，波面漂浮著一叢叢肥大的青萍。這一段的河面不寬，只有一百公尺的光景，對岸樹陰濃密，有房舍掩映其間。卻有一個尖頂之類的形象，潔白地映著斜暉，令人覺得異樣。

「那不是一座教堂嗎？」我指著對面的河島。

其他人也都注意到了，目光一起輻輳射去。忽然我存大驚小怪地低呼一聲：「那爲什麼有和尚走來走去呢？」

這問題誰也答不上來，卻都看見，果然有耀眼的袈裟在白色教堂的四周忽隱忽現，超現實的幻景令人不安。

「過河去看看，」信慧說。

「不見渡船呀，」我說。

「可以坐吊車，」她說。「我以前坐過。」

她果然領著我們向河岸走去，到了一個候車木臺。不久轆轤聲起，果然看見空懸的長纜上一架吊車越水而來，其勢頗急。兩個村民匆匆下車走了，我們趕快跳了上去。轆轆聲中，車已凌空，我們緊扶著鐵欄，超越腳底水面的簇簇青萍，飛也似地已到彼岸。一下了車臺，我們沿著河堤匆匆去找那教堂，一路上果然遇見幾個黃衣僧。幾次轉彎，樹影開處，赫然一座天主堂矗在眼前，灰頂白牆，塔尖高細。正在驚疑仰望，不知如何是好，忽然呀地一響，高高的堂門敞開，一個小沙彌合十頷首，迎了出來。

驚疑轉爲驚喜，我們懷著虔敬，跨入了教堂。等到在黃昏的初冥之中漸漸看清了堂內的擺設，驚疑卻又轉深。

高高供在祭壇上，用拱形架托住的，是一排三尊佛像，全披著朱紅的袈裟。中間的一尊，蓮座最高，顯然是三昧的坐姿。兩旁的佛則都立著，手勢不易辨識。除此之外，一切的布置全是歐洲十九世紀中葉流行的新哥德風格。祭壇正面的牆壁，左右各嵌一扇彩色小窗；兩側的牆上則開著更大的七彩長窗，上端都是尖頂拱弧。

通向後面的兩道側門和當頂的裝飾門，也都是如此。至於牆壁上縱排得密密相接的，則是橙底金花的鳶尾紋章，常見於法國皇家的徽號。地磚黑白間格的花式，更流行於法國。而尤其令人注目的，是祭壇前面一左一右的兩尊中古武士，全副盔甲閃著鐵色的寒光，連鐵皮面罩也如臨大敵，緊緊垂閉。羅蘭武士來護衞佛陀嗎？這景象太不可思議了。

我們趺跏在花地磚上，對著牆角的電風扇，面面驚覷，繼而抑低了聲音議論起來。最後在留言簿上，我們題了「廟不可言」、「廟哉，妙哉」一類的雙關語。走出教堂，我們仍流連在門外，指指點點，不想就此離去。漸暗的天色裏，一位六十上下的黃衣高僧，從後面鵝黃與乳白相配的僧舍走來，對我們合十行禮。他用泰語問我們對本寺有什麼看法，由傳文翻譯。

「東西合璧，非常有趣，」我說。

「本寺叫做達摩普法寺，是畢雅大帝爲達摩由提卡教派的僧侶敕建的。」

「畢雅大帝就是泰王朱拉隆功拉瑪五世，」傳文解釋。

一聽是朱拉隆功，我肅然起敬，卻仍然忍不住問道：「可是爲什麼要蓋成哥德式的教堂呢？」

老僧淡然一笑，顯然，這幼稚的問題他必已答過無數次了。

他說：「畢雅大帝認爲誠心至上，不須拘泥形迹。」

「啊！」我心頭一震，語爲之塞。

歸途中，下起雨來，一車四人都落入了沈思。我想著朱拉隆功對西方敞開他的白象王國，如何把古暹羅的束縛一條條地解開，讓西風從印度洋浩蕩吹來。小乘佛法，當初也是經由錫蘭，橫渡印度洋而來的。西方，果眞是極樂世界嗎？然則佛法無邊，何物而不能化？不拘色相，不落形迹，則何物而不能容？耶釋同堂，香火共享，Untie the Thais，不必耶穌的歸於耶穌，而釋迦的歸於釋迦，正是朱拉隆功的心胸。

想起兩伊的烽火正熾，不知道，如果是柯梅尼今天同來，他對老僧會怎麼說呢？

——民國七十七年六月三日

饒了我的耳朶吧，音樂

聲樂家席慕德女士有一次搭計程車，車上正大放流行曲。她請司機調低一點，司機說：「你不喜歡音樂嗎？」席慕德說：「是啊，我不喜歡音樂。」

一位音樂家面對這樣的問題，眞可謂啼笑皆非了。首先，音樂的種類很多，在臺灣的社會最具惡勢力的一種，雖然也叫做音樂，卻非顧曲周郎所願聆聽。其次，音樂之美並不取決於音量之高低。有些人聽「音響」，其實是在玩機器，而非聽音樂。計程車內的空間，閉塞而小，那用如此鑼鼓喧天？再次，音樂並非空氣，不像呼吸那樣分秒必需。難道每坐一次計程車，都要給強迫聽一次音樂嗎？其實，終日弦樂不輟的人，未必眞正愛好音樂。

在臺灣的社會，到處都是「音樂」，到處都是「愛好音樂」的人；我最同情的，便是音樂界的朋友了。像波德萊爾一樣，我不懂樂理，卻愛音樂，並且自信有兩只敏感的耳朵，對於不夠格的音樂，說得上「嫉惡如仇」。在臺灣，每出一次門——有時甚至不必出門——耳朵都要受一次罪。久而久之，幾乎對一切音樂都心存恐怖。噪音在臺灣，宛如天羅地網，其中不少更以音樂爲名。上帝造人，在自衞系統上頗不平衡：遇到不想看的東西，只要閉上眼睛，但是遇到不想聽的東西呢，卻無法有效地塞耳。像我這種徒慕音樂的外行，都已覺得五音亂耳，無所逃遁，音樂家自己怎麼還活得下去，眞是奇蹟。

凡我去過的地區，要數臺灣的計程車最熱鬧了，兩只音響喇叭，偏偏對準後座的乘客，眞正是近在咫尺。以前我還強自忍住，心想又不在車上一輩子，算了。最近，受了拒吸二手煙運動的鼓勵，我也推行起拒聽二手曲運動，乾脆請司機關掉音樂。二手曲令人煩躁，分心，不能休息，而且妨礙乘客之間的對話與乘客對司機的吩咐，也有拒聽的必要。

在歐美與日本，計程車上例皆不放音樂。火車上也是如此，只有西班牙是例外。我乘火車旅行過的國家，包括瑞典、丹麥、西德、法國、英國、美國、加拿大、日本，火車上的擴音器只用來播報站名，卻與音樂無關。不知道什麼緣故，臺灣的火車上總愛供應音樂。論品質，則時而國樂，時而西方的輕音樂，時而臺灣特產的流行曲，像是一杯劣質的雞尾酒。論音量，雖然不算喧吵，卻也不讓人耳根清靜，無法安心睡覺或思考。

聽說有一次夏志清和無名氏在自強號上交談，夏志清嫌音樂擾人，請車掌小姐調低，她正忙於他事，未加理會。夏志清受不了，就地朝她一跪，再申前請。音樂終於調低，兩位作家欣然重拾論題。但是不久音樂嘈嘈再起，夏志清對無名氏說：「這次輪到你去跪了。」

夏氏素來奇行妙論，但是有沒有奇到爲音樂下跪，卻值得懷疑。前述也許只是誇大之辭，也許當時他只對車掌小姐威脅說：「你再不關音樂，我就要向你下跪了。」不過音樂逼人之急，可以想見。其事未必可信，其情未必無稽。臺灣的火車上，一方面播請乘客約束自己的孩子，勿任喧嘩，另一方面卻又不斷自播音樂，實在矛盾。我在火車上總是盡量容忍，用軟紙塞起耳朵，但是也只能使音量稍低，不能杜絕。最近忍無可忍，也在拒吸二手煙的精神下，向列車長送上請求的字條。字條是這樣寫的：

列車長先生：從高雄到嘉義，車上一直在播音樂，令我無法入夢或思考。不知能否將音量調低，讓乘客的耳朵有機會休息？

三分鐘後，音樂整個關掉了，我得以享受安靜的幸福，直到臺北。我那字條是署了名的，也不知道那一班自強號關掉音樂，究竟是由於我的名字，還是由於列車長有納言的精神。感激之餘，我仍希望鐵路局能考慮廢掉車上的播樂，免得每次把這件事個別處理。要是有人以爲火車的乘客少不了音樂，那麼爲什麼長途飛行的乘客，關在機艙內十幾個小時，並不要求播放音樂呢？

要是有人以爲我討厭音樂，就大大誤會了。相反地，我是音樂的信徒，對音樂不但具有熱情，更具有信仰與虔敬。國樂的清雅，西方古典的宏富，民謠的純眞，搖滾樂的奔放，爵士的即興自如，南歐的熱烈，中東和印度的迷幻，都能夠令我感發興起或輾轉低迴。唯其如此，我才主張要嘛不聽音樂，要聽，必須有一點誠意、敬意。要是在不當的場合濫用音樂，那不但對音樂是不敬，對不想聽的人也是一種無禮。我覺得，如果是好音樂，無論是器樂或是聲樂，都值得放下別的事情來，聚精會神地聆聽。音樂有它本身的價值，對我們的心境、性情、品格能起正面的作用。但是今日社會的風氣，卻把音樂當作排遣無聊的玩物，其作用不會超過口香糖，不然便是把它當作烘托氣氛點綴熱鬧的裝飾，其作用只像是霓虹燈。

音樂的反義詞不是寂靜，是噪音。敏銳的心靈欣賞音樂，更欣賞寂靜。其實一個人要是不能享受寂靜，恐怕也就享受不了音樂。我相信，凡是偉大的音樂，莫不令人感到無上的寧靜，所以在「公元二〇〇一年：太空流浪記」裏，太空人在星際所聽的音樂，正是巴哈。

寂靜，是一切智慧的來源。達摩面壁，面對的正是寂靜的空無。一個人在寂靜之際，其實面對的是自己，他不得不跟自己對話。那種絕境太可怕了，非普通的心靈所能承擔，因此他需要一點聲響來解除困絕。但是另一方面，聆聽高妙或宏大的音樂，其實是面對一個偉大的靈魂，這境地同樣不是普通人所能承擔。因此他被迫在寂靜與音樂之外另謀出路：那出路也叫做「音樂」，其實是一種介於音樂與噪音之間的東西，一種散漫而軟弱的「時間」。

湯默斯曼在《魔山》裏曾說：「音樂不但鼓動了時間，更鼓動我們以最精妙的方式去享受時間。」這當然是指精妙的音樂，因爲精妙的音樂才能把時間安排得恰到好處，讓我們恰如其分地去欣賞時間，時間形成的旋律與節奏。相反地，軟弱的音樂——就算它是音樂吧——不但懈怠了時間，也令我們懈怠了對時間的敏感。我是指臺灣特產的一種流行歌曲，其爲「音樂」，例皆主題淺薄，詞句幼稚，曲調平庸而輕率，形式上既無發展，也無所謂高潮，只有得來現成的結論。這種歌曲好比用成語串成的文學作品，作者的想像力全省掉了，而更糟的是，那些成語往往還用得不對。

這樣的歌曲竟然主宰了臺灣社會的通俗文化生活，從三臺電視的綜藝節目到歌廳酒館的卡拉OK，提供了大衆所謂的音樂，實在令人沮喪。俄國作曲家格林卡(Mikhail Glinka)說得好：「創造音樂的是整個民族，作曲家不過譜出來而已。」什麼樣的民族創造什麼樣的音樂，果眞如此，我們這民族早該痛切反省了。

將近兩千四百年前，柏拉圖早就在擔心了。他說：「音樂與節拍使心靈與軀體優美而健康；不過呢，太多的音樂正如太多的運動，也有其危害。只做一位運動員，可能淪爲蠻人；只做一位樂師呢，也會『軟化得一無好處。』」他這番話未必全對，但是太多的音樂會造成危害，這一點卻值得我們警惕。

在臺灣，音樂之被濫用，正如空氣之受汙染，其害已經太深，太久了。這些年來，我在這社會被迫入耳的音樂，已經夠我聽幾十輩子了，但是明天我還得再聽。明天我如果去餐館赴宴，無論是與大衆濟濟一堂，或是與知己另闢一室，大半都逃不了播放的音樂。嚴重的時候，衆弦嘈雜，金鼓齊鳴，賓主也只好提高自己的嗓子慷慨叫陣，一頓飯下來，沒有誰不聲嘶力竭。有些餐廳或咖啡館，還有電子琴現場演奏，其聲嗚嗚然，起伏無定，迴旋反覆，沒有稜角的一串串顫音，維持著一種廉價的塑膠音樂。若是不巧碰上喜宴，更有歌星之類在油嘴滑舌的司儀介紹之下，登臺獻唱。

走到街上呢，往往半條街都被私宅的婚宴或喪事所侵佔，人聲擾攘之上，免不了又是響徹鄰里的音樂。有時在夜裏，那音樂忽然破空而裂，方圓半里內的街坊市井便淹沒於海嘯一般的聲浪，鬼哭神號之中，各路音樂扭鬥在一起，一會兒是流行曲，一會兒是布袋戲，一會兒又是西洋的輕音樂，似乎這都市已經到了世界末日，忽然墮入了噪音的地獄。如果你天眞得竟然向警察去投訴，一定是沒有結果。所謂禮樂之邦，果眞墮落到這地步了嗎？

當你知道這一切不過是幾盒廉價的錄音帶在作怪，外加一架擴音器助紂爲虐，那恐怖的暴音地獄，只需神棍或樂匠的手指輕輕一扭就召來，你怎麼不憤怒呢？最原始的迷信有了最進步的科技來推廣，惡勢力當然加倍擴張。如果我跟朋友們覓得一個處女島，創立一個理想國，憲法的第一條必定把擴音器列爲頭號違禁品，不許入境。違者交付化學處理，把他縮成一只老鼠，終身囚在喇叭箱中。

第二條便是：錄音機之類不許帶進風景區。從前的雅士曾把花間喝道、月下掌燈的行徑斥爲惡習。在愛迪生以前的世界，至少沒有人會背著錄音機去郊遊吧。這些「愛好音樂」的青年似乎一刻也離不開那盒子了，深恐一入了大自然，便會「絕糧」。其實，如果你拋不下機器的文明，又不能在寂靜裏欣賞「山水有清音」的天籟，那又何苦離開都市呢？在那麼僻遠的地方，還要強迫無辜的耳朵聽你的二手曲嗎？

回到家裏，打開電視，無論是正式節目或廣告，幾乎也都無休無止地配上音樂。至於有獎比賽的場合，上起古稀的翁媼，下至學齡的孩童，更是人手一管麥克風，以夜總會的動作，學歌星的濫調，扭唱其詞句不通的流行歌曲。夜夜如此，舉國效顰，正是柏拉圖所擔心的音樂氾濫，民風靡軟，孔子所擔心的鄭衞之音。

連續劇的配樂既響且密，往往失之多餘，或是點題太過淺露，反令觀衆耳煩心亂。古裝的武俠片往往大配其西方的浪漫弦樂，卻很少使用簫笛與琴箏。目前正演著的一臺武俠連續劇，看來雖然有趣，主題歌卻軟弱委靡，毫無俠骨，跟旁邊兩臺的時裝言情片並無兩樣。天啊，我們的音樂眞的墮落到這種地步了嗎？許多電影也是如此，導演在想像力不足的時候，就依賴既強又頻的配樂來說明劇情，突出主題，不知讓寂靜的含蓄或懸宕來接手，也不肯讓自然的天籟來營造氣氛。從頭到尾，配樂喋喋不休，令人緊張而疲勞。寂靜之於音樂，正如留白之於繪畫。配樂冗長而蕪亂的電影，正如畫面塗滿色彩的繪畫，同爲笨手的拙作。

我們的生活裏眞需要這麼多「音樂」嗎？終日在這一片氾濫無際的音波裏載浮

載沈，就能夠證明我們是音樂普及的社會了嗎？在一切藝術形式之中，音樂是最能主宰「此刻」最富侵略性的一種。不喜歡文學的人可以躲開書本，討厭繪畫的人可以背對畫框，戲劇也不會擱住你的門口，逼你觀看。唯獨音樂什麼也擋不住，像跳欄高手一樣，能越過一切障礙來襲擊、狙擊你的耳朵，攪亂你的心神。現代都市的人煙已經這麼密集，如果大家不約束自已手裏的發音機器，減低弦歌不輟的音量和頻率，將無異縱虎於市。

這樣下去，至少有兩個後果。其一是多少噪音、半噪音、準噪音會把我們的耳朵磨鈍，害我們既聽不見寂靜，也聽不見眞正的音樂。其二就更嚴重了。寂靜使我們思考，眞正的音樂使我們對時間的感覺加倍敏銳，但是整天在輕率而散漫的音波裏浮沈，呼吸與脈搏受制於蕪亂的節奏，人就不能好好地思想。不能思想，不肯思想，不敢思想，正是我們文化生活的病根。

饒了我無辜的耳朵吧，音樂。

——民國七十五年九月十五日

海緣

1

曹操橫槊賦詩，曾有「山不厭高，海不厭深」之句。這意思，李斯在〈諫逐客書〉裏也說過。儘管如此，山高與海深還是有其極限的。世界上的最高峯，聖母峯，海拔是二九〇二八英尺，但是最深的海溝，所謂馬利安納海淵（Mariana Trench），卻低陷三五、七六〇英尺。把世上蟠蜿的山脈全部浸在海裏，沒有一座顯赫的峯頭，能出得了頭。

其實也不必這麼費事了。就算所有的橫嶺側峯都穿雲出霧，昂其孤高，在衆神或太空人看來，也無非一缽藍水裏供了幾簇青綠的假山而已。在我們這水陸大球的表面，陸地只得十分之三，而且四面是水，看開一點，也無非是幾個島罷了。當然，地球本身也只是一丸太空孤島，註定要永久飄泊。

話說回來，在我們這僅有的碩果上，海洋，仍然是一片偉大非凡的空間，大得幾乎有與天相匹的幻覺。害得曹操又說：「日月之行，若出其中。星漢燦爛，若出其裏。」也難怪聖經裏的先知要歎道：「千川萬河都奔流入海，卻沒有注滿海洋。」浩斯曼更說：「滂沱雨入海，不改波濤鹹。」

無論文明如何進步，迄今人類仍然只能安於陸棲，除了少數科學家之外，面對大海，我們仍然像古人一樣，只能徒然歎其夐遼，羨其博大，卻無法學魚類的搖鰭擺尾，深入湛藍，去探海若的寶藏，更無緣迎風振翅，學海鷗的逐波巡浪。退而求其次，望洋與歎也不失爲一種安慰：不能入乎其中，又不能凌乎其上，那麼，能觀乎其旁也不錯了。雖然世界上水多陸少，眞能住在海邊的人畢竟不多。就算住在水城港市的人也不見得就能舉頭見海，所以在高雄這樣的城市，一到黃昏，西子灣頭的石欄杆上，就倚滿了坐滿了看海的人。對於那一片汪洋而言，目光再犀利的人也不過是近視，但是望海的興趣不因此稍減。全世界的碼頭、沙灘、岩岸，都是如此。

中國的海岸線頗長，加上臺灣和海南島，就更可觀。我們這民族，望海也不知望了多少年了，甚至出海、討海，也不知多少代了。奇怪的是，海在我們的文學裏並不佔什麼分量。雖然孔子在失望的時候總愛放出空氣，說什麼「道不行，乘桴浮於海。」害得子路空歡喜一場，結果師徒兩人當然都沒有浮過海去。莊子一開卷就說到南溟，用意也只是在寓言。中國文學裏簡直沒有海洋。像曹操〈觀滄海〉那樣的短製已經罕見了，其他的作品多如李白所說：「海客談瀛洲，煙濤微茫信難求。」甚至《鏡花緣》專寫海外之遊，眞正寫到海的地方，也都草草帶過。

西方文學的情況大不相同，早如希臘羅馬的史詩，晚至康拉德的小說，處處都聽得見海濤的聲音。英國文學一開始，就嗅得到鹹水的氣味，從〈貝奧武夫〉和〈航海者〉裏面吹來。中國文學裏，沒有一首詩寫海能像梅士菲爾的〈拙畫家〉（Dauber）那麼生動，更沒有一部小說寫海能比擬《白鯨記》那麼壯觀。這種差距，在繪畫上也不例外。像日希柯（Théodore Jéricault）、德拉克魯瓦、竇納等人作品中的壯闊海景，在中國畫中根本不可思議。爲什麼我們的文藝在這方面只能望洋興歎呢？

2

我這一生，不但與山投機，而且與海有緣，造化待我也可謂不薄了。我的少年時代，達七年之久在四川度過，住的地方在鐵軌、公路、電話線以外，雖非桃源，也幾乎是世外了。白居易的詩句「蜀江水碧蜀山青」，七個字裏容得下我當時的整個世界。蜀中天地是我夢裏的青山，也是我記憶深處的「腹地」。沒有那七年的山影，我的「自然教育」就失去了根基。可是當時那少年的心情卻嚮往海洋，每次翻開地圖，一看到海岸線就感到興奮，更不論羣島與列嶼。

海的呼喚終於由遠而近。抗戰結束，我從千疊百障的巴山裏出來，回到南京。大陸劇變的前夕，我從金陵大學轉學到廈門大學，讀了一學期後，又隨家庭遷去香港，在那海城足足做了一年難民。在廈門那半年，騎單車上學途中，有兩三里路是沿著海邊，黃沙碧水，飛輪而過，令我享受每一寸的風程。在香港那一年，住在陋隘的木屋裏，並不好受，卻幸近在海邊，碼頭旁的大小船艇，高低桅檣，盡在望中。當時自然不會知道：這正是此生海緣的開始。隔著臺灣海峽和南中國海的北域，廈門、香港、高雄，布成了我和海的三角關係。廈門，是過去式了。香港，已成了現在完成式，卻保有視覺暫留的鮮明。高雄呢，正是現在進行式。

至於臺北，住了幾乎半輩子，卻陷在四圍山色裏，與海無緣。住在臺北的日子，偶因郊遊去北海岸，或是乘火車途經海線，就算是打一個藍汪汪的照面吧，也會令人激動半天。那水藍的世界，自給自足，宏美博大而又起伏不休，每一次意外地出現，都令人猛吸一口氣，一驚，一喜，若有天啓，卻又說不出究竟。

3

現在每出遠門，都非乘飛機不可了。想起坐船的時代，水拍天涯，日月悠悠，不勝其老派旅行的風味。我一生的航海經驗不多，至少不如我希望的那麼豐富。抗戰的第二年，隨母親從上海乘船過香港而去安南。大陸變色那年，先從上海去廈門，再從廈門去香港，也是乘船。從香港第一次來臺灣，也是由水路在基隆登陸。最長的一程航行，是留美回國時橫渡太平洋，從舊金山經日本、琉球，沿臺灣東岸，繞過鵝鑾鼻而抵達高雄，歷時約爲一月。在日本外海，我們的船，招商局的海健號，遇上了颱風，在波上俯仰了三天。過鵝鑾鼻的時候，正如水手所說，海水果然判分二色：太平洋的一面墨藍而深，臺灣海峽的一面柔藍而淺。所謂海流，當眞是各流各的。

那已是近三十年前的事，後來長途旅行，就多半靠飛而不靠浮了。記得只有從美國大陸去南太基島，從香港去澳門，以及往返英法兩國越過多維爾海峽，是坐的渡船。

要是不趕時間，我寧坐火車而不坐飛機。要是更從容呢，就寧可坐船。一切交通工具裏面，造形最美，最有氣派的該是越洋的大船了，怪不得丁尼生要說 the stately ships。要是你不拘形貌，就會覺得一艘海船，尤其是漆得皎白的那種，凌波而來的閒穩神態，眞是一隻天鵝。

站在甲板上或倚著船舷看海，空闊無礙，四周的風景伸展成一幅無始無終的宏觀壁畫，卻又比壁畫更加壯麗、生動，雲飛浪湧，頃刻間變化無休。海上看晚霞夕燒全部的歷程，等於用顏色來寫的抽象史詩。至於日月雙球，升落相追，更令人懷疑有一隻手在天外拋接。而無論有風或無風，迎面而來的海氣，總是全世界最清純可口的空氣吧。海水鹹腥的氣味，被風浪拋起，會令人莫名其妙地興奮。機房深處沿著全船筋骨傳來的共震，也有點催眠的作用。而其實，船行波上，不論是左右擺動，或者是前後起伏，本身就是一隻具體而巨的搖籃。

暈船，是最殺風景的事了。這是海神在開陸棲者的小小玩笑，其來有如水上的地震，雖然慢些，卻要長些，眞令海客無所遁於風浪之間。我曾把起浪的海叫做「多峯駝」，騎起來可不簡單。有時候，浪間的船就像西部牛仔胯下的蠻牛頑馬，騰跳不馴，要把人拋下背來。

4

海的呼喚愈遠愈清晰。愛海的人，只要有機會，總想與海親近。今年夏天，我在漢堡開會既畢，租了一輛車要遊西德。當地的中國朋友異口同聲，都說北部沒有看頭，要遊，就要南下，只爲萊因河、黑森林之類都在低緯的方向。我在南遊之前，卻先轉過車頭去探北方，因爲波羅的海吸引了我。當初不曉得是誰心血來潮，把 Baltic Sea 譯成了波羅的海，眞是妙絕。這名字令人想起林亨泰的名句：「然而海，以及波的羅列。」似乎眞眺見了風吹浪起，海疊千層的美景。當晚果然投宿在路邊的人家，次晨便去卡佩恩（Kappeln）的沙岸看海。當然什麼也沒有，只有藍茫茫的一片，反晃著初日的金光，水平線上像是浮著兩朵方蕈，白得影影綽綽的，該是鑽油臺吧。更遠處，有幾隻船影疎疎地布在水面，像在下一盤玄妙的慢棋。近處泊著一艘渡輪，專通丹麥，船身白得令人豔羨。這，就是波羅的海嗎？

去年五月，帶了妻女從西雅圖駛車南下去舊金山，不取內陸的坦途，卻取沿海的曲道，爲的也是觀海。左面總是挺直的杉林張著翠屏，右面，就是一眼難盡的，啊，太平洋了。長風吹闊水，層浪千摺又萬摺，要摺多少摺才到亞洲的海岸呢？中間是什麼也沒有，只有難以捉摸，唉，永遠也近不了的水平線其實不平也不是線。

那樣空曠的水面，再大的越洋貨櫃輪，再密的船隊也莫非可憐的小甲蟲在疎疎的經緯網上蠕蠕地爬行，等暴風雨的黑蜘蛛撲過來一一捕殺。從此地到亞洲，好大的一弧凸鏡鼓著半個地球，像眼球橫剖面的水晶體與玻璃體，休要小覷了它，裏面擺得下十九個中國。這麼浩淼，令人不勝其，鄉愁嗎，不是的，不勝其惘惘。

第一夜我們投宿在俄勒岡州的林肯村。村小而長，我們找到那家暮投臥（motel），在風濤聲裏走下三段棧道似的梯級，才到我們那一層樓。原來小客棧的正面背海向陸，斜疊的層樓依坡而下，一直落到坡底的沙灘。開門進房，迎面一股又霉又潮的海氣，趕快扭開暖氣來驅寒。落地的長窗外，是空寂的沙，沙外，是更空寂的海，潮水一陣陣地向沙地捲過來，聲撼十方。就這麼，夢裏夢外，聽了一夜的海。全家四人像一窩寄生蟹，住在一隻滿是迴音的海螺裏。

第二夜進入加州，天已經暗下來了，就在邊境的新月鎮（Crescent City）歇了下來。那小鎮只有三兩條街，南北走向，與濤聲平行。我們在一家有樓座的海鮮館臨窗而坐，一面嚼食蟹甲和海扇殼裏剜出來的嫩肉，一面看海岸守衞隊的巡邏艇駛回港來，桅燈在波上隨勢起伏。天上有毛邊的月亮，淡淡地，在蓬鬆的灰雲層裏出沒。海風吹到衣領裏來，已經是初夏了，仍陰寒逼人。回到客棧，準備睡了，才發覺外面竟有蛙聲，這在我的美國經驗裏，卻是罕有，倒令人想起中國的水塘來了。遠處的岬角有燈塔，那一道光間歇地向我們窗口激射過來，令人不安。最祟人的，卻是深沈而悲淒的霧號，也是時作時歇，越過空闊的水面，一直傳到海客的枕前。這新月鎮不但孤懸在北加州的邊境，距俄勒岡只有十哩，而且背負著巨人族參天的紅木森林，面對著太平洋，正當海陸之交，可謂雙重的邊鎮。這樣的邊陲感，加上輪轉的塔光與升沈的霧號，使我夢魂驚擾，眞的是「一宿行人自可愁」了。

次日清早被濤聲撼起，開門出去，一條公路從南方繞過千重的灣岬伸來，把我們領出這小小的海驛。

5

仁者樂山，智者樂水，聖人曾經說過。愛水的人果眞是智者嗎？那麼，愛海的人豈非大智？其實攀山與航海的人更是勇者，因爲那都是冒險的探索，那種喜悅往往會以身殉。在愛海人裏，我只是一個陸棲的旁觀者，頗像西方人對貓的嘲笑：「性愛戲水，卻怕把腳爪弄潮。」水手和漁夫在鹹風鹹浪裏討生活，才是眞正下水的愛海人。眞正的愛海人嗎？也許是愛恨交加吧？譬如愛情，也可分作兩類：深入的一類該也是愛恨交加的，另一類雖未必深入，卻不妨其爲自作多情。我正是對海單相思的這一類。

十二年來我一直住在海邊，前十一年在香港，這一年來在高雄。對於單戀海洋的陸棲者，也就是四川人嘲笑的旱鴨子而言，這眞是至福與奇緣。世界上再繁華的內陸都市，比起就算是較次的什麼海港來，總似乎少了一點退步，一點可供遠望與遐思的空間。住在海邊，就像做了無限（Infinity）的鄰居，一切都會看得遠些看得開些吧。海，是不計其寬的路，不閉之門，常開之窗。再小的港城，有了一整幅海天爲背景，就算劇臺本身小些，觀衆少些，也顯得變化多姿，生動了起來，就像寫詩和繪畫都需要留點空白一樣。有水，風景才顯得靈活。所以中國畫裏，明明四圍山色，眼看無計可施了，卻憑空落下來一瀉瀑布，於是羣山解顏。巴黎之美，要是沒有塞納河一以貫之，縈迴而變化之，也會遜色許多。臺北本來有一條河可以串起市景，卻不成其爲河了。高雄幸而有海。

海是一大空間，一大體積，一個偉大的存在。海裏的珍珠與珊瑚，水藻與水族，遺寶與沈舟，太奢富了，非陸棲者所能探取。單戀海的人能做一個「觀於海者」，像孟軻所說的那樣，也就不錯了。不過所謂觀於海當然也不限於觀；海之爲物，在感性上可以觀、可以聽、可以嗅、可以觸，一步近似一步。

香港的地形百轉千迴，無非是島與半島，不要說地面上看不清楚了，就連在飛機上觀者也應接不暇。最大的一塊面積在新界，其狀有如不規則的螃蟹，所有的半島都是它伸爪入海的姿勢。半島既多，更有遠島近磯呼應之勝，海景自然大有可觀。就這一點說來，香港的海景看不勝看，因爲每轉一個彎，山海洲磯的相對關係就變了，沒有誰推開自己的窗子便能縱覽香港的全貌。

鍾玲在香港大學的宿舍面西朝海，陽臺下面就是汪洋，遠航南洋和西歐的巨舶，都在她門前路過。我在中文大學的樓居面對的卻是內灣，叫吐露港，要從東北的峽口出去，才能匯入南中國海。所以我窗外的那一片瀲灩水鏡，雖然是海的嬰孩，卻更像湖的表親。除非是起風的日子，吐露港上總是波平浪靜，潮汐不驚。靑山不斷，把世界隔在外面，把滿滿的十里水光圍在裏面，自成一個天地。我就在那裏看渡船來去，𪄌鷹飛迴，北岸的小半島蜿蜒入水，又冒出水面來浮成蒼蒼的四個島丘，更遠處是一線長堤，裏面關著一潭水庫。

6

去年九月，我從香港遷來高雄，幸而海緣未斷，仍然是住在一個港城。開始的半年住在市區的大平洋大廈，距海岸還有兩三公里，所以跟住在內陸都市並無不同。可是中山大學在西子灣的校園卻海闊天空，日月無礙。文學院是紅磚砌成的一座空心四方城，我的辦公室在頂層的四樓，朝西的一整排長窗正對著臺灣海峽，目光盡處只見一條渺渺的水平線，天和海就在那裏交界，雲和浪就在那裏會合了。那水平線常因氣候而變化。在陰天，灰雲沉沉地壓在海上，波濤的顏色黯濁，更無反光，根本指不出天和水在那裏接縫。要等大晴的日子，空氣徹徹透明，碧海與青天之間才會判然劃出一道界線，又橫又長，極盡抽象之美，令人相信柏拉圖所說的

「天行幾何之道」（God always geometrizes.）。其實水平線不過是海的輪廓，並沒有那麼一條線，要是你眞去追逐，將永無接近的可能，更不提捉到手了。可是別小覷了那一道欺眼的幻線，因爲遠方的來船全是它無中生有變出來的，而出海的船隻，無論是軒昂的貨櫃巨輪，或是匍行波上的舴艋小艇，也一一被它拐去而消磨於無形。

水平線太玄了，令人迷惑。也太遠了，不如近觀拍岸的海潮。孟子不就說過嗎，「觀水有術，必觀其瀾。」世界上所有的江河都奔流入海，而所有的海潮都撲向岸來，不知究竟要向大地索討些什麼。對於觀海的人，驚濤拍岸是水陸之間千古不休的一場激辯，岸說：「到此爲止了，你回去吧。」浪說：「卽使粉身碎骨，我還是要回來！」於是一排排一列列的浪頭昂然向岸上捲來，起起落落，一面長鬣翻白，口沫飛濺，最後是絕命的一撞之後噴成了半天的水花，轉眼就落回了海裏，重新歸隊而開始再次的輪迴。這過程又像是單調而重複，又像是變化無窮，總之有一點催眠，所以看海的眼睛都含著幾分玄想。

西子灣的海潮，從旗津北端的防波堤一直到柴山腳下的那一堆石磯，浪花相接，約莫有一里多長，十分壯觀。起風的日子，洶湧的來勢尤其可驚，滿岸都是譁變的囂囂。外海的劇浪，搗打在防波堤上，碎沫飛花噴濺過堤來，像一株株旋生旋滅的水晶樹，那是海神在放煙火嗎？

7

西子灣的落日是海景的焦點。要觀賞完整無缺的落日，必須有一條長而無阻的水平線，而且朝西。沙灘由南向北的西子灣，正好具備這條件。月有望朔，不能夜夜都見滿月。但是只要天晴，一輪「滿日」就會不偏不倚正對著我的西窗落下，從西斜到入海，整個壯烈的儀式都在我面前舉行。先是白熱的午日開始西斜，變成一隻燦燦的金球，光威仍然不容人逼視，而海面迎日的方向，起伏的波濤已經搖晃著十里的碎金。這麼一路西傾下來，到了仰角三十度的時候，金球就開始轉紅，火勢大減，我們就可以定睛熟視了。那紅，有時是橙紅，有時是洋紅，有時是赤紅，要看天色而定。暮靄重時，那頹然的火球難施光焰，未及水面就漸漸褪色，變成一影遲滯的淡橙紅色，再回顧時，竟已隱身幕後。若是海氣上下澄明，水平線平直如切，酡紅的落日就毫不含糊地直掉入海，一寸接一寸被海的硬邊切去。觀者駭目而視，忽然，宇宙的大靶失去了紅心。

我在沙田住了十一年，這樣水遁而逝的落日卻未見過，因爲沙田山重水複，我樓居朝西的方向有巍然的山影橫空，根本看不見水上的落日。西子灣的落日像是爲美滿的晴天下一個結論，不但蓋了一顆赫赫紅印，還用晚霞簽了半邊天的名。

半年後我們從市區的鬧街遷來壽山，住進中山大學的學人宿舍。新居也在紅磚樓房的四樓，書房朝著西南，窗外就是高雄港。我坐在窗內，舉頭便可見百碼的坡下有街巷縱橫，車輛來去。再出去便是高雄港的北端，可以眺覽停泊港中的大小船舶，桅檣密舉，錨鍊斜入水中。旗津長島屛於港西，島上的街沿著海岸從西北直伸東南，正與我的視線垂直而交，雖然遠在兩三里外，島上的排樓和廟宇卻歷歷可以指認。島的外面，你看，就是淼淼的海峽了。

高雄之爲海港，扼臺灣海峽、巴士海峽和南中國海的要衝，吞吐量之大，也不必去翻統計數字，只要站在我四樓的陽臺上，倚著白漆的欄杆，朝南一望就知道了。高雄港東納愛河與前鎮溪之水，西得長洲旗津之障，從旗津北頭的第一港口到南尾的第二港口，波涵浪蓄，縱長在八公里以上。貨櫃進出此港，分量之重，已經居世界第四。從清晨到午夜，有時還更晚，萬噸以上的貨輪，揚著各種旗號，漆著各種顏色，各種文字的船名橫排於舷身，不計其數，都在我陽臺的欄杆外駛過。有時還有軍艦，鐵灰色的舷首有三位數的編號，橫著炮管的側影，扁長而驃悍，自然與衆不同。不過都太遠了，有時因爲背光，或是霧靄低沈，加以空氣汙染的關係，無論是船形艦影，在茫茫的煙水裏連魁梧的輪廓都渾淪了，更不說辨認船名。

甚至不必倚遍十二欄杆，甚至也無須擡頭望遠，只聽水上傳來的汽笛，此起彼落，間歇而作，就會意識到腳下那長港有多繁忙。而造船、拆船、修船、上貨、卸貨、領航、驗關、緝私、走私……都繞著這無休無止的船來船去團團轉。這水陸兩個世界之間的港口自成一個天地，一方面忙亂而喧囂，另一方面卻又生氣蓬勃，令碼頭上看海的人感到興奮，因爲這一片鹹水通向全世界的波濤，在這一片鹹水裏下錨的舳艫巨舟曾經泊過各國的名港。高雄，正是當代的揚州。

每當我燈下夜讀，孤醒於這世界同靪的夢外，念天上地下只剩我一人，只剩下自己一人了，不是被逐於世界之夢外，而是自放於無寐之境。那許多知己都何處去了呢，此刻，也都成了夢的俘虜，還是各守著一盞燈呢？忽然從下面的港口一聲汽笛傳來，接著是滿港的迴聲，漸盪漸遠，似乎終於要沈寂了，卻又再鳴一聲。據說這是因爲常有漁船在港裏非法捕魚，需要鳴笛示警，但是夜讀人在孤寂裏聽來，卻感到倍加溫暖，體會到世界之大總還是有人陪他醒著，分擔他自命的寂寞，體會到同樣是醒著，有人是遠從天涯，從風裏浪裏一路闖回來的，連夜讀的遐思與玄想都不可能。我擡起頭來，只見燈火零落的港上，桅燈通明，幾排起重機的長臂斜斜舉著，船首和船尾的燈號掠過兩岸燈光的背景，保持不變的距離穩穩地向前滑行，又是一艘貨櫃巨輪進港了。

以前在香港，九廣鐵路就在我山居的坡底蜿蜒而過，深宵寫詩，萬籟都遺我而去，卻有北上的列車輪聲鏗然，嗚笛而去。聽慣了之後，已成爲火車汽笛的知音，覺得世界雖大，萬物卻仍然有情，不管是誰的安排，總感激長夜的孤苦中那一聲有意無意的召呼與慰問。當時曾經擔憂，將來回去臺灣，不再有深宵火車的那一聲晚安，該怎樣排遣獨醒的寂寞呢？沒想到冥冥中另有安排：火車的長嘯，換了貨輪的低鳴。

造化無私而山水有情，生命裏註定有海。失去了香港而得到了高雄，回頭依然是岸，依然是一所叫中大的大學，依然是背山面海的樓居。走下了吐露港的那座柔灰色迷樓，到此岸，又上了西子灣這座磚砌的紅樓，依然是臨風望海，登樓作賦。看來我的海緣還未絕，水藍的世界依然認我。所以我的窗也都朝西或西南偏向，正對著海峽，而落日的方向正是香港，晚霞的下方正是大陸。

——民國七十五年十月十三日

文章與前額並高

自從十三年前遷居香港以來，和梁實秋先生就很少見面了。屈指可數的幾次，都是在頒獎的場合，最近的一次，卻是從梁先生溫厚的掌中接受時報文學的推薦獎。這一幕頗有象徵的意義，因為我這一生的努力，無論是文壇或學府，要是當初沒有這隻手的提掖，只怕難有今天。

所謂「當初」，已經是三十六年以前了。那時我剛從廈門大學轉學來臺，在臺大讀外文系三年級，同班同學蔡紹班把我的一疊詩稿拿去給梁先生評閱。不久他竟轉來梁先生的一封信，對我的習作鼓勵有加，卻指出師承囿於浪漫主義，不妨拓寬視野，多讀一點現代詩，例如哈代、浩斯曼、葉慈等人的作品。梁先生的摯友徐志摩雖然是浪漫詩人，他自己的文學思想卻深受哈佛老師白璧德之教，主張古典的清明理性。他在信中所說的「現代」自然還未及現代主義，卻也指點了我用功的方向，否則我在雪萊的西風裏還會飄泊得更久。

直到今日我還記得，梁先生的這封信是用鋼筆寫在八行紙上，字大而圓，遇到英文人名，則橫而書之，滿滿地寫足兩張。文藝青年捧在手裏，驚喜自不待言。過了幾天，在紹班的安排之下，我隨他去德惠街一號梁先生的寓所登門拜訪。德惠街在城北，與中山北路三段橫交，至則巷靜人稀，梁寓雅潔清幽，正是當時常見的日式獨棟平房。梁師母引我們在小客廳坐定後，心儀已久的梁實秋很快就出現了。

那時梁先生正是知命之年，前半生的大風大雨，在大陸上已見過了，避秦也好，乘桴浮海也好，早已進入也無風雨也無晴的境界。他的談吐，風趣中不失仁藹，諧謔中自有分寸，十足中國文人的儒雅加上西方作家的機智，近於他散文的風格。他就坐在那裏，悠閒而從容地和我們談笑。我一面應對，一面仔細地打量主人。眼前這位文章鉅公，用英文來說，體形「在胖的那一邊」，予人厚重之感。由於髮岸線（hairline）有早退之象，他的前額顯得十分寬坦，整個面相不愧天庭飽滿，地闊方圓，加以長牙隆準，看來很是雍容。這一切，加上他白皙無斑的膚色，給我的印象頗為特殊。後來我在反省之餘，才斷定那是祥瑞之相，令人想起一頭白象。

當時我才二十三歲，十足一個躁進的文藝青年，並不很懂觀象，卻頗熱中獵獅(lion-hunting)。這位文苑之獅，學府之師，被我糾纏不過，答應為我的第一本詩集寫序。序言寫好，原來是一首三段的格律詩，屬於新月風格。不知天高地厚的躁進青年，竟然把詩拿回去，對梁先生抱怨說：「您的詩，似乎沒有特別針對我的集子而寫。」

假設當日的寫序人是今日的我，大概獅子一聲怒吼，便把狂妄的青年逐出師門去了。但是梁先生眉頭一擡，只淡淡地一笑，徐徐說道：「那就別用得了……書出之後，再跟你寫評吧。」

量大而重諾的梁先生，在《舟子的悲歌》出版後不久，果然為我寫了一篇書評，文長一千多字，刊於民國四十一年四月十六日的《自由中國》。那本詩集分為兩輯，上輯的主題不一，下輯則盡為情詩。書評認為上輯優於下輯，跟評者反浪漫的主張也許有關。梁先生尤其欣賞〈老牛〉與〈暴風雨〉等幾首，他甚至這麼說：「最出色的要算是〈暴風雨〉一首，用文字把暴風雨的那種排山倒海的氣勢都描寫出來了，眞可說是筆挾風雷。」在書評的結論裏有這樣的句子：

> 作者是一位年輕人，他的藝術並不年輕，短短的〈後記〉透露出一點點寫作的經過。他有舊詩的根柢，然後得到英詩的啓發。這是很值得我們思考的一條發展路線。我們寫新詩，用的是中國文字，舊詩的技巧是一分必不可少的文學遺產，同時新詩是一個突然出生的東西，無依無靠，沒有軌跡可循，外國詩正是一個最好的借鏡。

在那麼古早的歲月，我的青澀詩藝，根柢之淺，啓發之微，可想而知。梁先生溢美之詞固然是出於鼓勵，但他所提示的上承傳統旁汲西洋，卻是我日後遵循的綜合路線。朝拜繆思的長征，起步不久，就能得到前輩如此的獎掖，使我的信心大爲堅定。同時，在梁府的座上，不期而遇，也結識了不少像陳之藩、何欣這樣同輩的朋友，聲應氣求，更鼓動了創作的豪情壯志。詩人夏菁也就這麼邂逅於梁府，而成了莫逆。不久我們就慣於一同去訪梁公，有時也約王敬羲同行。不知爲何，記憶裏好像夏天的晚上去得最頻。梁先生怕熱，想是體胖的關係；有時他索性只穿短袖汗衫接見我們，一面笑談，一面還要不時揮扇。我總覺得，梁先生雖然出身外文，氣質卻在儒道之間，進可爲儒，退可爲道。可以想見，好不容易把我們這些恭謹的晚輩打發走了之後，東窗也好，東牀也罷，他是如何地坦腹自放。我說坦腹，因爲他那時有點發福，腰圍可觀，縱然不到福爾斯塔夫的規模，也總有約翰孫或紀曉嵐的分量，足證果然腹笥深廣。據說，因此梁先生買腰帶總嫌尺碼不足，有一次，他索性走進中華路一家皮箱店，買下一只大皮箱，抽出皮帶，留下箱子，揚長而去。這倒有點世說新語的味道了，是否謠言，卻未向梁先生當面求證。

梁先生好客兼好吃，去梁府串門子，總有點心招待，想必是師母的手藝吧。他不但好吃，而且懂吃，兩者孰因孰果，不得而知。只知他下筆論起珍羞名菜來，頭頭是道。就連既不好吃也不懂吃的我，也不禁食指欲動，饞腸若蠕。在糖尿病發之前，梁先生的口福委實也飫足了。有時乘興，他也會請我們淺酌一杯。我若推說不解飲酒，他就會作態佯怒，說什麼「不煙不酒，所爲何來？」引得我和夏菁發笑。有一次，他斟了白蘭地饗客，夏菁勉強相陪。我那時眞是不行，梁先生說「有了」，便向櫥頂取來一瓶法國紅葡萄酒，強調那是一八四二年產，朋友所贈。我總算喝了半盅，飄飄然回到家裏，寫下「飲一八四二年葡萄酒」一首。梁先生讀而樂之，拿去刊在《自由中國》上，一時引人矚目。其實這首詩學濟慈而不類，空餘浪漫的遐想；換了我中年來寫，自然會聯想到鴉片戰爭。

梁先生在臺北搬過好幾次家。我印象最深的兩處梁宅，一在雲和街，一在安東街。我初入師大（那時還是省立師範學院）教大一英文，一年將滿，又偕夏菁去雲和街看梁先生。談笑及半，他忽然問我：「送你去美國讀一趟書，你去嗎？」那年我已三十，一半書呆，一半詩迷，幾乎尙未閱世，更不論乘飛機出國。對此一問，我眞是驚多喜少。回家和我存討論，她是驚少而喜多，馬上說：「當然去！」這一來，裏應外合勢成。加上社會壓力日增，父親在晚餐桌上總是有意無意地報導：「某伯伯家的老三也出國了！」我知道偏安之日已經不久。果然三個月後，我便文化充軍，去了秋色滿地的愛奧華城。

從美國回來，我便專任師大講師。不久，梁先生從英語系主任變成了我們的文學院長，但是我和夏菁去看他，仍然稱他梁先生。這時他又遷到安東街，住進自己蓋的新屋。稍後夏菁的新居在安東街落成，他便做了令我羨慕的梁府近鄰，也從此，我去安東街，便成了福有雙至，一舉兩得。安東街的梁宅，屋舍儼整，客廳尤其寬敞舒適，屋前有一片頗大的院子，花木修護得可稱多姿，常見兩老在花畦樹徑之間流連。比起德惠街與雲和街的舊屋，這新居自然優越了許多，更不提廣州的平山堂和北碚的雅舍了。可以感受得到，這新居的主人住在「家外之家」，懷鄉之餘，該是何等的快慰。

六十五歲那年，梁先生在師大提前退休，歡送的場面十分盛大。翌年，他的「終身大事」，莎士比亞戲劇全集之中譯完成，朝野大設酒會慶祝盛舉，並有一女中的學生列隊頌歌：想莎翁生前也沒有這般殊榮。師大英語系的晚輩同事也設席祝賀，並贈他一座銀盾，上面刻著我擬的兩句贊詞：「文豪述詩豪，梁翁傳莎翁。」莎翁退休之年是四十七歲，逝世之年也才五十二歲，其實還不能算翁。同時莎翁生前只出版了十八個劇本，梁翁卻能把三十七本莎劇全部中譯成書。對比之下，梁翁是有福多了。聽了我這意見，梁翁不禁莞爾。

這已經是二十年前的事了。後來夏菁擔任聯合國農業專家，遠去了牙買加。梁先生一度旅居西雅圖。我自己先則旅美二年，繼而去了香港，十一年後才回臺灣。高雄與臺北之間雖然只是四小時的車程，畢竟不比廈門街到安東街那麼方便了。青年時代夜訪梁府的一幕一幕，皆已成爲溫馨的回憶，只能在深心重溫，不能在眼前重演。其實不僅梁先生，就連晚他一輩的許多臺北故人，也都已相見日稀。四小時的車塵就可以回到臺北，卻無法回到我的臺北時代。臺北，已變成我的回聲谷。那許多巷弄，每轉一個彎，都會看見自己的背影。不能，我不能住在背影巷與回聲谷裏。每次回去臺北，都有一番近鄉情怯，怕捲入回聲谷裏那千重魔幻的漩渦。

在香港結交的舊友之中，有一人焉，竟能逆流而入那回聲的漩渦，就是梁錫華。他是徐志摩專家，研究兼及聞一多，又是抒情與雜感兼擅的散文家，就憑這幾點，已經可以躋列梁門，何況他對梁先生更已敬仰有素。一九八○年七月，法國人在巴黎舉辦抗戰文學研討會，大陸的代表舊案重提，再誣梁實秋反對抗戰文學。梁錫華即席澄清史實，一士諤諤，力辨其誣。夏志清一語雙關，對錫華翹起大拇指，讚他「小梁挑大樑」！我如在場，這件事義不容辭，應該由我來做。錫華見義勇爲，更難得事先覆按過資料，不但贏得梁先生的感激，也使我這受業弟子深深感動。

一九七八年以後，大陸的文藝一度曾有開放之象。到我前年由港返臺爲止，甚至新月派的主角如胡適、徐志摩等的作品都有新編選集問世，唯獨梁實秋迄今尚未「平反」。如今大陸上又在壓制所謂「資產階級自由化」，此事恐怕更渺茫了。梁先生和魯迅論戰於先，又遭毛澤東親批於後，案情重大，實在難以爲他「平反」。梁實秋就是梁實秋，這三個字在文學思想上代表一種堅定的立場和價值，已有近六十年的歷史。

梁實秋的文學思想強調古典的紀律，反對浪漫的放縱。他認爲革命文學也好，普羅文學也好，都是把文學當做工具，眼中並無文學；但是在另一方面，他也不贊成爲藝術而藝術，因爲那樣勢必把藝術抽離人生。簡而言之，他認爲文學既非宣傳，亦非遊戲。他始終標舉安諾德所說的，作家應該「沈靜地觀察人生，並觀察其全貌。」因此他認為文學描寫的充分對象是人生，而不僅是階級性。

黎明版《梁實秋自選集》的小傳，說作者「生平無所好，惟好交友、好讀書、好議論。」這三好之中的末項，在大陸時代表現得最為出色，所以才會招惹魯迅而陷入重圍。季季在訪問梁先生的記錄〈古典頭腦，浪漫心腸〉之中，把他的文學活動分成翻譯、散文、編字典、編教科書四種。這當然是梁先生的臺灣時代給人的印象。其實梁先生在大陸時代的筆耕，以量而言，最多產的是批評和翻譯，至於《雅舍小品》，已經是四十歲以後所作，而在臺灣出版的了。《梁實秋自選集》分為文學理論與散文二輯，前輯占一九八頁，後輯占一六二頁，分量約為五比四，也可見梁先生對自己批評文章的強調。他在答季季問時說：「我好議論，但是自從抗戰軍興，無意再作任何譏評。」足證批評是梁先生早歲的經營，難怪臺灣的讀者印象已淡。

一提起梁實秋的貢獻，無人不知莎翁全集的浩大譯績，這方面的聲名幾乎掩蓋了他別的譯書。其實翻譯家梁實秋的成就，除了莎翁全集，尚有《織工馬南傳》、《咆哮山莊》、《百獸圖》、《西塞羅文錄》等十三種。就算他一本莎劇也未譯過，翻譯家之名他仍當之無愧。

讀者最多的當然是他的散文。《雅舍小品》初版於民國三十八年，到六十四年爲止，二十六年間已經銷了三十二版；到現在想必近五十版了。我認爲梁氏散文所以動人，大致是因爲具備下列這幾種特色：

首先是機智閃爍，諧趣迭生，時或滑稽突梯，卻能適可而止，不墮俗趣。他的筆鋒有如貓爪戲人而不傷人，即使譏諷，針對的也是衆生的共相，而非私人，所以自有一種溫柔的美感距離。其次篇幅濃縮，不事舖張，而轉折靈動，情思之起伏往往點到爲止。此種筆法有點像畫上的留白，讓讀者自己去補足空間。梁先生深信「簡短乃機智之靈魂」，並且主張「文章要深，要遠，就是不要長。」再次是文中常有引證，而中外逢源，古今無阻。這引經據典並不容易，不但要避免出處太過俗濫，顯得腹笥寒酸，而且引文要來得自然，安得妥貼，與本文相得益彰，正是學者散文的所長。

最後的特色在文字。梁先生最恨西化的生硬和冗贅，他出身外文，卻寫得一手道地的中文。一般作家下筆，往往在白話、文言、西化之間徘徊歧路而莫知取捨，或因簡而就陋，一白到底，一西不回；或弄巧而成拙，至於不文不白，不中不西。梁氏筆法一開始就逐走了西化，留下了文言。他認爲文言並未死去，反之，要寫好白話文，一定得讀通文言文。他的散文裏使用文言的成分頗高，但不是任其並列，而是加以調和。他自稱文白夾雜，其實應該是文白融會。梁先生的散文在中歲的《雅舍小品》裏已經形成了簡潔而圓融的風格，這風格在臺灣時代仍大致不變。證之近作，他的水準始終在那裏，像他的前額一樣高超。

——民國七十六年四月二日

詩　卷（二册）

編輯委員：張默（主編）　白靈　向陽

周夢蝶、余光中、羅　門、洛　夫、向　明、蓉　子、商　禽、楊　牧、張　健、吳　晟、羅　青、羅　英、高大鵬、沈花末、羅智成、向　陽、夏　宇、劉克襄等99位。

戲劇卷（二册）

編輯委員：黃美序（主編）　胡耀恒　貢敏

姚一葦、張曉風、賴聲川、馬　森、金士傑、黃美序等10位。

評論卷（二册）

編輯委員：李瑞騰（主編）　蕭蕭　呂正惠

計分：總論、小說、戲劇、散文、詩等五卷，討論臺灣文壇與文學沿革，有如下作家：夏志清、余光中、齊邦媛、李歐梵、白先勇、王德威、葉石濤、樂蘅軍、蔡源煌、王　拓、尉天聰、詹宏志、龍應台、劉紹銘、顏元叔等61位。

欠砍頭詩　　陳克華著

知名學者陳寅恪晚年寫過一輯「欠砍頭詩」，陳克華爲什麼也寫《欠砍頭詩》？這頭是砍還是不砍？因爲藝術所需無他，自由而已、平等而已、尊重而已、包容而已。陳克華秉嚴肅創作的原則，以詩筆大膽的揭示性與肉體的奧祕，直刺泛政治年代政治與人的不可分。■陳克華，民國五十年生於花蓮市。擅長詩、散文、小說、劇本、歌詞、影評，並撰寫專欄。職業是眼科醫生——在醫生面前，每個人都是赤裸裸的，所以他大膽的寫性，更在作品中呈現對幸福的渴求，對人性及制度的不滿，以及因人世無常而興起的幻滅與失落。著有《在生命轉彎的地方》等書。

神農的腳印　　東方白著

本書四百則精言雋語，是作者數十年來沈潛東西方文學藝術的結晶，是解析、測試生命奧祕的頓悟。文學與哲思交溶，是體會生活與藝術的賞心小品。■東方白，本名林文德，一九三八年生，臺北市人。臺灣大學農業工程系畢業、加拿大莎省大學工程博士。現專事寫作。著有《露意湖》、《東方寓言》、《盤古的腳印》等小說，散文十多部。曾獲吳濁流文學獎、吳三連文藝獎及臺美基金會人文成就獎。

海那邊　　嚴歌苓著

作者以活潑明快的文字，層層剝現兩岸三地中國人的生活實況，從留學、移民階層寫到市井小民的漂泊、浮沈。情節緊湊，故事諧而不虐，顯示生命的無奈，令人笑中帶淚；更足以掩卷深思。書中〈海那邊〉、〈紅羅裙〉分別是聯合、中時兩大報文學獎的獲獎傑作。■嚴歌苓女士，一九五八年出生於上海，先習舞八年，再從事文學創作。在臺灣深受重視，兩度獲中央日報文學獎、聯合報文學獎短篇小說首獎、中國時報文學獎短篇小說評審獎。著有《少女小漁》、《雌性的草地》等小說多部。因人物、故事突出，累被改編爲電影演出。

九歌最新叢書簡介

萬水千山師友情

琦　君著

琦君的健筆不輟，再以婉約、雋永的篇章展現她的迷人文采。她秉至眞情懷，以至美之筆，從對師友之情的感念寫到對兒時種種的回憶；從異國生活與日常點滴談到她四十年來寫作過程與理念。本書另收錄琦君數篇小小說，另有一番風味。■琦君，浙江永嘉人，民國六年生。杭州之江大學中文系畢業，曾任中央大學、文化大學等校中文系教授。榮獲文協散文獎、中山文藝獎、新聞局金鼎獎暨國家文藝獎。著有《三更有夢書當枕》、《水是故鄉甜》等散文及小說、兒童文學等近三十種，作品曾被譯爲美、韓、日文，極受海內外讀者喜愛。

生之歌

杏林子著

杏林子堅毅過人，在醫院與臥房的有限天地中，以筆爲千萬心靈寫出勇氣、希望與感恩的無限世界。書中百篇精緻短文，猶如現代人的荒漠甘泉，深受各界喜愛，許多篇章曾是海內外各級學校指定的課外教材，爲渴慕朝氣的人點示生命之美與善。現重排新版。■杏林子愛父母、愛兄弟姊妹、愛朋友、愛殘障孩子、愛山水自然、愛天地之間的事事物物。當然，她也愛自己，因爲有愛在心，所以，她永遠年輕、美麗而快樂！因此，她曾當選十大傑出女青年，又以《另一種愛情》一書榮獲國家文藝獎。創辦伊甸殘障基金會，著有《行到水窮處》、《杏林小記》、《現代寓言》等書多部。

生之頌

杏林子著

飽受病痛煎熬的杏林子，以她遭受肉體苦難來體驗生命的禮讚，歌頌對璀璨生命的熱愛。本書現重排新版，每篇作品附有對生命的頌辭；一顆抵禦病痛纏身的心，如何來歌頌對人間的至愛？其中除了感謝賦予生命的父母，並感謝這世界，進而感恩於主的榮寵……讓一切有苦難的人皆有所醒悟；讓所有迷路的人可得到心靈的慰藉和安息。■本書和杏林子的姊妹作《生之歌》同時由九歌編印，以新面目呈現，希望所有讀友都能接受生之禮讚。

九歌文庫（283）

隔水呼渡
CALLING FOR FERRY

著　　者：余　光　中
發 行 人：蔡　文　甫
發 行 所：九歌出版社有限公司
臺北市八德路3段12巷57弄40號
電話／25776564・25707716
郵政劃撥／0112295—1
網路位址／http://www.chiuko.com.tw
登記證／行政院新聞局局版臺業字第1738號
門 市 部：九歌文學書屋
北市長安東路2段173號（電話／27773915）
印 刷 所：日裕印刷有限公司
法律顧問：龍雲翔律師
蕭雄淋律師
董安丹律師
初　　版：1990（民國79）年1月15日
初版6印：2000（民國89）年9月15日
定價：新臺幣220元

ISBN 957-560-051-7

國立中央圖書館出版品預行編目資料

隔水呼渡＝Calling for ferry／余光中著

-初版.--臺北市：九歌,民79

面；　公分.--（九歌文庫；283）

1SBN 957-560-051-7（平裝）

855　　　　　　　　　　　　　　　　8I000023